U0865035

canterer

我这一生
都比别人
跑得慢

东土大唐 / 著

中国华侨出版社

目录

浪漫总是最动人

哲学男女

别看广告，看疗效

老唐

浪漫总是最动人

那些悬在我头顶的锤子

认识自己是一件多么庆幸而痛苦的事啊！

每个人都曾认为自己是世上最独特的人，也许你直到现在仍这样认为，你认为你与众不同，聪颖、智慧，或者叛逆，或者带着你尚未发觉但确实存在的使命，或者你虽然此刻运蹇时乖，但总觉得这只不过是天要降大任于你的前奏。简而言之，你认为自己在众人中是最拔群的，只是未显露出来而已。

我也曾这么想过，我偶尔翻看高中时的日记，仍然能读到那时睥睨一切的轻狂。

本想说一说二十岁之前的事，但有炫耀之嫌，所以暂且不表。总之，我是在二十岁之后才逐步认识到自己的平庸的。

缘于对万物的好奇，我总是饶有兴趣地学东西，对任何事情都不愿轻易服输。但当我走出县城，面对更广阔的世界时，我却发现，这个世界并不公平，在有些事情上，有些人凭着天分，轻轻松松取得的成就，胜过我千辛万苦取得的成绩。而网络将这种对比的可能性放到最大。俗话说，高手在民间，你所沾沾自喜的一点儿小虚荣，总能在某个时间某个场合被某个人在网上击败。山外有山，网上有人，是之谓也。

对我来说，这是种很糟糕的感觉。比如我喜欢唱歌，并且在朋友圈一直颇受好评，但我知道网上随便就能搜出许多比我唱得好的平民音乐爱好者来。我一直自觉文字功力不错，但在遇到像东东枪老师这样语言文字技巧炉火纯青的人后，也只能由衷佩服。我之前还自觉读书颇丰、见识颇多，偏又遇到鹦鹉史航老师这样的书痴。其实我一直知道自己的弱点在哪里。我认识许多自叹不如的人，李铁根虽然现在创作不多了，但我和他有过一面之缘，他的风趣无论在为人还是文字方面都是如一的。银教授没怎么红之前，我就说他是我最喜欢的人之一。虽然他有时不择“口味”，但他的段子是最接近脱口秀的，他有许多佳作，在烂梗老梗和抄袭遍地的今天，很是难得。

我在碰到难以望其项背的人时，心里总是充满了沮丧，因为他们的高度反衬了我的平庸。王小波在《黄金时代》里说，二十岁之前，觉得自己会一直生猛下去，但生活就是个慢慢受锤的过程。东东枪、鹦鹉史航、李铁根这些老师就是悬在我头顶的锤子，有时我悲伤地想：算了吧，在这方面我再怎么努力，也无法追上他们。但更多的时候我还是想：管他呢，也许我再花点儿力，就能做得更好一点儿。而这种想法，是我至今依然对万物充满兴趣、依然在读书、依然在“玩”文字、依然有想学很多很多东西的动力。

朋友圈那些事

朋友圈大了，什么人都有。

我的朋友圈便有许多把 24 小时当亲子时间的爱心妈咪。她们每天忙活得像个狗仔，拿手机、相机等各种拍摄工具“招呼”自己家的孩子，然后将照片一一上传。我家宝贝在理发；我家宝贝在弹钢琴；我家宝贝在挂水；我家宝贝考了 100 分……事无巨细，就连吃饭、撒尿有时也要 po 上网（po 是 post 的缩写，意为上传到网络上）分享。最奇特的是某位妈咪因为宝贝排泄物颜色不对，担忧之下竟也要拍照上传，与君共赏，不知究竟是出于何种心理。

我的朋友圈还有一些热衷于养生的大师。他们每天醉心于转发各类养生秘籍，比如清晨要如何去大自然中呼吸，中午要如何规范进补，晚上要如何早睡排毒。他们虔诚地学习各种相关帖子：哪两种食物不能混食，按什么穴位能够消除疲劳……总之，看他们的内容，还以为他们的目标是要活到 200 岁呢。我认识的其中一位，便常常念叨生活要有规律，当然这不妨碍他每天晚睡晚起，烟酒不离口。他平时还逢人便说吃素食才是健康秘诀，但是每次我请客时，红烧肉一上来，他就一边摇头说太油，一边夹得比谁都快。

我的朋友圈还有一些爱晒爱自拍的佳丽，她们每天的内容是：“嗯，今天星巴克人好少呢，无聊 ing。”“哟，今天开爱车出来兜风了，好棒。”“呀，老公送我的一堆香水，都不知道用哪一款了，纠结。”然后配上一张照片，拍的什么不重要，滤镜是一定要加的，在照片的角落总是漫不经心地露出新买的包包牌子或爱车方向盘上的 LOGO。有位哲人说过，生活没必要过得特别好，但一定要比朋友好。

我的朋友圈还有无数神通广大无所不能的代购达人。“我的朋友最近去英国了。”“我的舅妈在美国。”“我的同学在澳大利亚。”你永远无法预料哪一个朋友会突然有一天成为代购，也永远不知道他们的七大姑八大姨忙碌地捎回来的商品究竟是真是假，究竟是来自荷兰还是来自河南，是产于美国得州还是山东德州。他们嘴里总是说着孔乙己般难懂的话，什么“原版皮”了，什么“1:1”了。只有你想不到的，没有他们买不到的。亲，要不要来一个呢，还是原单哦！

当然最令我感慨的，还是朋友圈里的那些幽默大师。这些人多数面貌相仿，男性，三十五岁往上，学历不高，人缘一般，他们每天乐此不疲地分享笑话，以期塑造一个诙谐的魅力形象。可惜他们的笑话说出来，总带着历史厚重感，你听到时，常常会想起 2002 年的第一场雪，想起十七岁的那辆单车，想起第一次牵爱人的手，想起当年吹过耳边的风。然后忍不住评论他们一句：我早就听过这条笑话了。

生活考卷

我的家乡有种地方戏曲，叫锡剧。虽然是小剧种，过去在当地老百姓中倒也喜闻乐见。我五六岁时曾痴迷于听锡剧，自学了不少唱段。如你所知，我这个年代生的人，鲜有爱听戏的。因为咿咿呀呀，既听不懂，也拖沓，一句话尾音能“啊啊啊啊”拉两三分钟。对不起，大家都这么忙，你有事能不能快点儿讲？

所以后来当地人发现我这样一个会唱戏的小孩时，仿佛看到了一只会讲话的猪，老是要我在各种场合表演。我五年级时，江苏省锡剧团偶然来我校招几个声乐特长生，我便被推荐给了招生的老师。老师如获至宝，说可以免试录用我，并对我父母许以转城市户口的条件。

许多年后，有许多 IT 人士老是号称自己在科技和人文的十字路口转悠，不知是不是迷路了。而我当年也站在了人生的十字路口，我面对的选择是，继续当一个学生呢，还是华丽转身，往文艺圈进军？

时隔十四年后，我在南京某条巷子里看到了省锡剧团的招牌，人生第二次和它擦肩而过，心底忽然生出无限感慨。我无法想象如果当年真来了这里，会有怎样一条人生轨迹。有可能你会在某个时候见我粉墨登场，也有可能我早就黯然转行，籍籍无名。大概会很不相同吧，无论会不会比现在更好，都没有重来的可能。人生有很多选择题，你永远不知那些错过的究竟是遗憾还是幸运。

生活总是如此，仿佛一张考卷，处处都是选择题。我最头疼的选择是，每天中午和晚餐都得问一遍自己：到底吃什么？其实，不是因为选择困难，穷才是纠结的病根，若是我日日都吃得起满汉全席，哪还用在红烧牛肉、鲜虾鱼板和老坛酸菜间绞尽脑汁。吃饭大计更问不得女子，我便吃过亏。出于尊重，我常问我家娘子想吃什么，但她总是小手一摊，淡淡地说道：随便。看官切记，这“随便”二字看似平常，其实是个陷阱。因为你无论提议吃什么，她总能找到理由推翻。你便知在吃饭这个选择题上，女人其实真的一点儿都不随便。

我有一死党，亦常常困扰于生活中的选择题。他虽然平时谨小慎微，处处小心，还是会惹怒闺中佳人。每当这时，他家的河东狮便会一手叉腰，一手执鸡毛掸子，实行家法。而令人发指的是，体罚便体罚吧，佳人还要出题：说，打手心还是打屁股？选择题出这种内容，想想真是凄凉。而我心说，这道题不是多项选择，已经是不幸中的万幸了。

我将这位朋友的闺中秘事发到微博上，本想图一乐，谁知引来不少同道中人，许多男同胞眼中泛着泪花，一把眼泪一把鼻涕地开始诉说自己的悲惨遭遇。有个朋友是这么说的，选择题算什么，我老婆打我时还要考我判断题：你自己说，你错没错？如你所知，和我们平时考试的判断题一样，这时候选“错”的安全性总是要相对高一些。而另一个朋友则接着说，我比你更惨，这道判断题我也要回答，但是我答完“错”之后，老婆每次都要再附加一道问答题：知道错了哈，那你说说看，错在哪里？闻听此言，众男士不禁感同身受，又是一阵泪如雨下。

生活的意义

几周前有朋友联系我，说某歌唱选秀节目的第二季当晚开播，想请我当网上评论员。我那晚本有约会，扭扭捏捏地打算拒绝。但朋友接着又说：有酬劳哦。于是我立马变节，一口答应。

当晚我独自抱着电视机，看里面那些靓仔美女兴奋地时而尖叫时而低吼，而我则和他们一样 high。在我眼前扭动的，不是青春的腰肢和身段，而是一张张的百元大钞。说实话，综观所有唱歌选秀节目，这档节目算是做得不赖，选手和评委表演得都很卖力。如果非要挑刺，就是其中有位评委，老喜欢板着老脸逮选手问问题，好好的一档娱乐节目，他非要弄得跟《梦想中国》那么严肃。

这位老师最喜欢问的三个问题是：你有什么音乐梦想？音乐对于你来说是什么？能不能讲讲你歌声背后的故事？如果我是选手，听到这些问题，头一定变得比陈鲁豫还要大。我就不能只是喜欢唱歌吗？为什么唱歌就一定要有个音乐梦想呢？我喜欢唱歌，但我的梦想是买张彩票中五百万，行不行呢？

当然在节目里肯定不能这么说，说了铁定是要告别舞台的。所以最好先了解一下这位老师的代表作，然后自咬舌尖，痛到双目含泪后，娓娓地告诉他：音乐对于我来说，是许多年前的春天，是当时还没剪去的长发，是信用卡和我的她，是二十四小时有热水的家。如果说我有什么音乐梦想，就是希望如果有一天我老无所依，请评委们集体把我埋在那歌声里……嗯，这么回答的话，我已经能想象到这位老师心上浮起的快感了。

不知从何时起，我们喜欢探讨事情背后的意义。音乐的意义、旅行的意义、恋爱的意义、事业的意义，仿佛每件事都必须带有一个崇高的目标，这样才显得做事的人特有情操。因此就诞生了一个经典句式：当我们在 ×××，我们在谈什么。这已经成了文青界十大模板句式之一，堪比“你若安好，便是晴天”以及“身体和灵魂，总要有一个在路上”。

这个句式的威力在于，能够瞬间把你从形而下的凡人变成形而上的哲学家。比如：当我们在唱歌，我们在唱什么？这么一说，你就不是单纯地唱歌了，你必须是在歌声中体会人生、感悟生命。再比如：当我们在读卡夫卡，我们在读什么？这么一说，你就不再是读一个故事了，你必须是在小说里读作者的孤独和绝望。自从我学会这个句式后，每天去食堂吃饭都在唏嘘。我常常想，当我吃下一口红烧猪蹄时，我究竟是在吃什么呢？想着想着便觉得嘴里嚼的不是美味，而是鲜血淋漓的生命，忍不住要抬起头四十五度角仰望天空，泪流满面。

这个世界就是如此，有人喜欢把生活过得简单，有人喜欢把生活过得复杂。

记得去年有个刚上大学的孩子，据说聪明异常，却整天在思考人生，最后得出结论：人生是完全没有意义的。于是留下一纸遗书，选择了离世。就连他的遗言也全是在讨论为何没有意义，感觉是个自视甚高，到死还要耍聪明，却钻到牛角尖里的孩子。还没好好经历人生，便过早地下结论，这也是喜欢探讨背后意义的悲剧。幸运的是，像我这样的懒人就没有这个烦恼。我希望生活能够尽量简单一些，唱歌就是唱歌，恋爱就是恋爱，让一切都恢复它本身的面貌，不要事事都追究背后的意义。像王小波说的，有趣、有爱、有智慧，人生便已足够了。

减肥记

我一向比较大度，别人说我点什么，常常一笑，不多做解释。但有段时间我也斤斤计较，别人问我体重，我在说完140斤之外，必要郑重声明一下：是毛重。

当你开始对数字敏感时，多数是因为这个数字即将或已经超出了你的心理承受能力范围。比如你问耄耋老人贵庚，他在告诉你答案时，总要附加一句“我还小”。愈是如此强调，愈是可见其已老而怕老的心态。同理可知，我如此计较自身斤两，皆因我眼见镜中自己的体态已渐近“天蓬元帅”。

除了天生肥胖儿，没有人是生来就多肉的。曾经我也是个消瘦的翩翩少年，并且成功地将体重控制在130斤以内长达30年。至于为何晚节不保，自暴自弃成一个胖子，说起来也是一桩惨案。话说那年我家娘子坐月子期间，我家老娘每天鸡汤、鱼汤伺候，偏偏娘子她不爱喝，于是假装啜两口之后，全都灌进了我的肠胃。而当时的我在鲜美的滋味里流连，竟然丝毫没有察觉到肥胖的危险。

如你所知，等我幡然醒悟过来时，脸已莫名其妙地大了一圈，腰间盘虽然没有突出，但腰间肉增长不少。与之相伴的是运动能力的直线下降，过去在球场上一蹦三尺高，现在一蹦发现很难克服地心引力，多半仍然是在地面上。以前像吃了新盖中盖一般一口气能上五楼，如今爬三层便得歇两回，恨不得要拨 120 求助。

我便是在这样的境况下毅然迈上了减肥之路。总觉得减肥的人是可耻的，因为从此要日日与体重计纠缠。

至于减肥的有效方法则众说纷纭。起初我选的是运动减肥，还兴致勃勃地斥巨资办了一张健身年卡。去健身会所减肥的好处是项目众多，跑步机、单车等各种器械可以随意挑选，还可以假模假样地混进瑜伽房看各式燕瘦环肥的姑娘。从理论上说，瑜伽也是能够瘦身的，但是我看过一则笑话：曾经有个胖子为了减肥，苦练 3 个月瑜伽，终于成为了一个身体柔软的胖子。由此可知，若想掉肉，运动的强度和幅度还是得稍大一些。我总共在跑步机上坚持了两次、单车上坚持了一次，身体饱受摧残，却见体重计上的数字岿然不动，顿时泄了气。肥来如山倒，肉去如抽丝，人间无奈，莫过于此。

后来我选择从源头上控制肥肉的增长，每天三餐，米饭摄取量减至过去的 1/3，荤菜和含油量过高的食品也酌量减少，与肯德基约会的次数更是直线下降，同时痛别夜宵和泡面。不得不说，节食的滋味起初不比健身好受，每天半夜，腹中空空荡荡，肠胃寂寞得直向我哭诉，唤我务必送些鸡鸭鱼肉下去与它相伴。多少个深夜，我都忍不住打开必胜客网上订餐的页面，面对比萨和小吃的图片痛苦地摇头。不过我还是坚持住了，只消一个月，肚子便能习惯长夜里的孤独。再过一个月，体重竟悄然有了下跌的趋势。我自 2011 年起节食至今，虽然只掉了 10 余斤肉，成绩不算骄人，但总算也在同事们纷纷变肥的大环境里，独自恢复了玲珑的曲线，很是可喜。

相较于我，我家娘子要减肥，就不必如此曲折，她每天早上醒来，都会惊喜地发现自己轻了两斤，因为还没化妆。

吃货

有种很民间的说法，说前世与今生往往成因果关系。譬如前世奢靡，今生必潦倒；前世荒淫纵欲，今生必是天煞孤星。有此理论，我也能快捷地为我测算前生。我自己，今生嗜肉如命，好吃懒做，前世必然是面黄肌瘦，做牛做马，末了还是食不果腹，做了路边饿殍，是被蛆蝇叮咬的命。

食、色，性也。所以我素来不以好吃为耻。而与我为伍的一帮狐朋狗友，也均是饕餮一族。我们的好吃有着鲜明的个人喜恶。我的死党徐同学，一见母蟹就两眼放光，目光如炬，眼神笔直地穿透横陈的玉体，直达那肥沃的卵巢。而我则是吃虾无敌，砍头、去尾、剥皮、生吞，麻利得像极了刽子手。我们也有共同点，那便是无肉不成餐，但是请诸位看官用犀利的眼光分清我与他爱肉的区别，他是富贵小开，习惯使然；而我爱肉是因为自幼贫困，嘴里能淡出个鸟来。

作为一名吃货，难免常常要向恶势力低头。我的座右铭便是：勿以饿小而忍之，勿以膳小而不吃。

吃货不是美食家，美食家是欣赏地吃，不能只是品色香味，还要能吃出形而上的东西来，很是费脑子。所以你看写美食专栏的某位老师，头上就没几根头发。我曾经还读过一篇美食文章，作者吃一碗冬阴功面都能吃得泪流满面，据说是吃出了家乡的味道。而我们吃货就单纯多了，纯粹是想吃就吃。我吃红烧肘子，只能吃出肉的味道，始终无法吃出肉的籍贯是哪里，以及它死前有没有怀乡的怨念。

合格的吃货应该不太挑食，所以最适合他们的是自助餐。我一见各式菜肴琳琅满目地摆在眼前，便仿佛财迷见到宝藏般，涎水能流一大碗。我吃自助餐还有技巧，灵感来自于一个很著名的故事：某教授给学生做示范，准备了一个细口瓶，先往瓶子里装满小石块，看似再也装不下时，其实还能再装更小的石块，装满小石块后还能再装细沙，到最后肉眼看不到空隙了，其实还能倒进去不少水。我猜想这个教授兴许也是吃货中人，他用这个极具指导意义的实验提醒我们，只要注意进食的先后顺序，自助餐绝对是可以吃回成本的，哪怕实在吃不下菜了，临走前还能再喝两杯饮料。

若论吃货的历史渊源，可能源于我们本身便是个好吃的民族。不信你看，自古以来每个传统佳节，我们都要往肚子里装些特定的食物，春节吃春卷、元宵吃汤圆、端午吃粽子、中秋吃月饼。从老祖宗变着法儿地来达到吃的目的看，吃货的血脉里其实流淌着中华民族的文化传统。

但是吃也是一把“双刃剑”，吃多了难免会有发胖的忧虑，享受和想瘦总是有着不可调解的矛盾。如我，曾经是个翩翩的消瘦少年，近几年却吃成了稍显臃肿的中年人。如今我面对美食，脑子里总会跳出两个小人争吵。邪恶的小人勾引我说：有食堪食直须食；另一个善良的小人则规劝我说：食多发胖少人知。两个小人反反复复地吵，反反复复地吵，好不心烦，于是我面对美食，痛下决心，要通通吃下去，把他俩活活撑死。

“画皮”

无意冒犯，只是从男性的角度来看，女性的特征很明显：很不科学。

譬如她们前一刻还温柔似水，下一秒就能凶悍如虎。

譬如她们完全对温度无感，零上十八摄氏度和零下十八摄氏度能穿一样的衣服。

再譬如她们不记路，却能轻易记住你招供的和EX（前任）的所有细节。

而据说最不科学的，是她们热衷于化妆一事。

关于为什么要化妆，古人的意见是“女为悦己者容”，但其实绝大多数男人并不喜欢自己的另一半化妆。西方的意见则是：这是现代社会的礼仪，出于礼貌才会对面容精心打扮。这等于变相地说，绝大多数的女子本身长得都不太礼貌。哦，这是个多么令人悲哀的事实。

无论理由是什么，都不能阻碍化妆成为现代女子的必备技能，就似《画皮》中的女妖，你要没把脸画好，都不好意思出来见人。她们不仅在出门前要花费大量工时，在外也要抓住各种闲时，利用各种镜面，做各种狰狞状补妆，生怕一不小心便露出原形。

如今已经鲜有女子不往面上涂脂抹粉了，只是浓淡不同，耗费的工时不同而已。上妆已成为女子每日头等大事。拿我家来说，我家娘子已经完全取代了公鸡的功能。每日天一破晓，我便被各种高低不同的“啪啪”声惊醒，我揉揉惺忪的睡眼，只见她正左右开弓，两只红酥手密集地往脸上狠抽，为我出了一口恶气，一天愉快的心情就此开始。

如同说女人分不清湖人队和热火队，那么男人也永远搞不懂那些五颜六色的瓶瓶罐罐有何区别。可是女人却总能在各种乳、霜、汁、蜜、液、粉中轻易挑选出合适的往面门上扑，且不会颠倒次序。不过话说回来，这些玩意儿的效果是不容置疑的。如果认真观赏一场完整的化妆，势必会惊叹于工序的复杂和魔术般的变化。好的化妆技术可以瞬间令东施变西施，乌鸦变白鸽。不过栋笃笑之王黄子华也说过这么一句话：“化完之后还能认出来，那才叫化妆。化完之后认不出来，只能叫乔装。”

到此处，我总忍不住脑补以下画面：刚娶回家的美娇娘手拿一瓶卸妆水，边往脸上抹，边对老公大喝一声：接下来，就是见证奇迹的时刻！

浪漫总是最动人

我的同级校友张嘉佳，我认识他，他不认识我。但我早听说他调遣文字的功力十分了得。这几天他在网上写了几篇故事，惹得痴男怨女们眼泪涟涟。他讲的爱情故事，男主人公无不长情专一，女主人公则境况悲惨，矛盾冲突一到高潮，就能准确击中泪点。女读者边抹眼泪边想：作为男主角朋友的作者本人，也一定是位浪漫痴情的男子吧。

我很羡慕他，因为我只会写一些扯淡的文章，全无营养，专注在艰难的人生里，逗人一乐。但是逗人哭和逗人笑的遭遇是截然不同的。我能料想，许多女读者在茶余饭后读完我的文章，可能会指着报纸大笑道：哈哈，这作者好搞笑，一定是个傻瓜吧。唉，想想就觉得凄凉。

张嘉佳天生浪漫，想象力空前，据说在大学时他明明足不出户，却能写出以假乱真的游记。而我现在则是毫无情趣，要我讲一段催人泪下的爱情传奇故事，再配几句隽永悱恻的情话，简直比让我下奶都难。

这个世界上就有这样一种人，既浪漫，又对文字拿捏得恰到好处，这种人要说出情话来，不少姑娘是骨头都要酥掉的。张嘉佳是其中之一，而在他之前，我认识的则是王小波。大学期间有段日子，我每天都在研究他写给李银河的情书。昏暗的自习教室里，只见我时而翻阅，时而奋笔疾书，就像个为奖学金发了疯的好学生，周围的小伙伴们都惊呆了。

如你所知，我实际上是在摘抄佳句，以便引用来送给师妹。我最喜欢的是其中那一段：你好！做梦也想不到我把信写到五线谱上吧？五线谱是偶然来的，你也是偶然来的。不过我给你的信值得写在五线谱上呢。但愿我和你，是一支唱不完的歌。为此我还特意去买了一本五线谱，一封情书两页的话，保守估计可以送给二十个师妹。

那段时间我还读了不少洋人的情史，可能是翻译的缘故，他们的告白显得过于冲动、激烈，不是我的菜。比如尤金·奥尼尔就说："我像一只小狗一样匍匐在你脚下。"但我总担心万一师妹爱吃肉呢。而海明威则说："爱你时，觉得地面都在移动。"这句我也不敢用，怕师妹以为我得了帕金森综合征。

相比较而言，我还是欣赏王小波式的浪漫，含蓄而又温婉，直到今天我读他那段话依然觉得很动情。张嘉佳的浪漫则是戏谑而又虐心。我也无比想成为一个拥有浪漫情怀的人，可惜资质愚钝，又一直为生计奔波，于是只能在奔涌而去的时光里，任浪漫向左，生活向右了。我的文风也与浪漫绝缘，逐渐向兰陵笑笑生靠拢。我已经全然忘了情书该怎么写，情话该怎么说。非要硬着头皮写，可能憋出来的也只是打油的情诗，譬如像网上的这种：二狗，代我向张艳说，我今生只爱她一人！还有，和周丽和玲玲也这么说。

“哀莫大于人丑”

林夕有首作品，被誉为经典备胎之歌，词作凄婉细腻，备述暗恋之苦，催人泪下。“没有得你的允许我都会爱下去，互相祝福心软之际或者准我吻下去。我痛恨成熟到不要你望着我流泪，但漂亮笑下去仿佛冬天饮雪水。”世间多少女子从此得不到爱，便在夜里轻轻吟唱此曲，委屈得仿佛老天都要被感动了。其实她们都被戏弄了，我认为这首歌的歌名《钟无艳》早已戳穿了为什么你得不到真爱的真相。

古代既有四大美女，也有四大丑女，可见古人也爱搞极端，在女人的问题上不肯走中庸的路线。钟无艳便是丑女之一，史书记载她“凹头深目，长肚大节，昂鼻结喉，肥顶少发”，用今天的话说，这就是个女汉子啊！所以她直到四十岁都不得出嫁。当然最后齐宣王立她为后了，那是因为她也是一位才女。

哪怕社会文明开化如现代，丑人也依然有不少劣势。与古代不同的是，随着女权的提升，男色也愈来愈被关注，甚至因此诞生了一个恶毒的组织，名曰“外貌协会”。据说这个协会发展迅速，蔓延全国，当中的女子，均秉持“帅虽然不能当饭吃，但是不帅会吃不下饭”的原则，对帅哥和丑男坚决区别对待，冷热分明，用实际行动一次次往遗传基因不良的男同胞的伤口上撒盐，简直令人发指。

譬如在她们眼里，帅哥打架那是真性情，丑男打架则是社会渣滓；帅哥穿名牌那是有品位，丑男穿名牌则定然是假货；帅哥打赤膊那是性感，丑男打赤膊则是耍流氓；帅哥不刮胡子那叫有男人味，丑男不刮胡子那叫邋里邋遢；帅哥沉默不语那叫忧郁气质，丑男沉默不语则是太闷，完全没情调；最要命的是同样是荤段子，帅哥讲那叫有点儿坏坏的，丑男讲就直接变成了下流、低俗、臭不要脸。噫吁嚱！不是我不明白，是这些女子变化快！

我对长相的要求就比较低，看着顺眼，不起妊娠反应就能接受。但是因为以前做 HR，也遇到过超出底线的一例情况。无意冒犯那位姑娘，只是如果客户都不忍直视的话，的确这面目就不太适合做销售了。我委婉地拒绝了她：“你不太合适。”偏巧这位姑娘很执着，追问道：“哪里不合适？”我一时无语，转头看向窗外。人生已经如此艰难，姑娘你又何必要拆穿呢？

如同一场初恋

我的中学，像一场懵懂单纯的初恋。

十几年过去后，再次与当年的男男女女围坐一桌，沧桑已经无一例外在众人脸上浮现。席间觥筹交错，却言语寂寥。彼此像久违的初恋情人一般陌生尴尬，同时又熟识温热。

一次次相聚，越来越证明我们只不过是岁月的手下败将。如我，曾经鲜衣怒马，神采飞扬，在粗粝的时光里打了个转，便顿显苍老，全无锋芒。所以我只能呷着酒，用余光偷偷地打量着同样日渐黯淡下去的昔日美女S。这位身材高挑的女子，当年凹凸有致，风华绝代，曾经以一款有几分透明的休闲衬衫加牛仔裤的造型，就引得无数男同学眼珠与野狼一色，鼻血与口水齐飞。多年后我阅尽无数爱情动作片，那些东洋的女主角纵使卖力地卸尽衣甲，都不能与当年的她匹敌。

如今的S早已嫁作人妇，生活过得无比平淡。已为人母的她身材犹在，只是风韵尽失，浅笑之时已能觅到几丝鱼尾纹，同她失去的魅力一样令人惋惜。

岁月改变的不仅是容颜，还有身份。

W君，当年成绩很稳定，每次都是全年级倒数第一。因此中学并未读完，就投身到十里洋场打拼。几年下来，出落成包工头一个，身家与他的体重、腰围一起突飞猛进，同时增长的还有他情人的数量。

几次聚会，此君的受尊重程度明显增加，从最初在众人中的落寞到今次不乏有人吹捧，多少也印证了岁月的诡谲与现实的无奈。

T君是席间话不多的一位，只是一杯杯地呷酒，默默地听着大家交谈。只是八卦如我，还是捕捉到了他眼神的轨迹，在貌似频顾四周之时总是有意无意地望向某个方向。没错，那里坐着的就是当年他暗恋过的女子。

说是暗恋，其实在同学间早已是公开的秘密。只不过缘分毕竟是不能勉强的，当时许多人从中撮合，两人终究也未能在命运里执手。他的戒指最后套上了别的红酥小手，而撩起她头纱的也成了另一只咸猪老手。真不知该说这是幸运还是遗憾。

我看着他们的眼神穿过众人的酒杯在席间交汇，只是那么一下，然后立马慌乱羞涩地避开，仿佛一场命运的误会。我相信他们此时的心其实是平静的，感情更是清白的。他们需要的不是生活再有什么可能性，他们只是跟我一样，跟席间所有谋醉的人一样，无限怀念十多年前的那份如同初恋般的纯真和简单。

一霎间，我想起了一句精神错乱的歌词：

谁是谁的谁，谁都又不是谁的谁。

舌尖上的“西游”

清晨的第一缕阳光刚刚洒到山林间，伶俐鬼便手执钢叉，从洞穴里精神饱满地迈出。他要去巡山，这是一种古老的习俗，是妖精赖以生存的自我保护方式。

巡山的意义不仅在于一种安全的预警，更在于沿途寻找各种食材，以飨洞穴里那些仍然在安睡的同类。山野间的妖精是朴素的一族，他们信奉祖辈群居的生活方式，和谐融洽。他们的食材多数是生人、野兽，以血肉为主。靠捕捉和狩猎的原始采集方式并不能保证每天都有新鲜和足够的食材，但妖精们并不在乎，无论丰盛或简陋，他们乐于分享每一餐的快乐。

今天伶俐鬼的目的与平时稍有不同，他要去采集一种特殊的食材——唐僧。相较于其他原料，唐僧更像是大自然神秘而又宝贵的馈赠。这是一种来自遥远的东方的食物，要经过二十多年完全隔绝荤腥的培植才能成熟，非常珍贵。据资料记载，唐僧肉皮质细腻润滑，白里透红，入口鲜美，唇齿留香。其富含的特殊元素更是能为妖精一族的延年益寿提供必需的营养。他既是一道名贵菜肴，更是一种绵延千年的精神信仰。

日头很快爬到中天，巡过五个山头的伶俐鬼略微感到有些疲惫。他停下脚步，放下钢叉，擦了擦汗。他知道唐僧作为名贵而且稀有的食材，并不是轻而易举便能在野外寻见的，所以他并不打算放弃。热带的山林里吹着妖风，他一边休息，一边试图用灵敏的嗅觉和听觉在风里搜寻线索。

很快伶俐鬼便锁定了方向，因为据资料记载，有唐僧的地方总会有马蹄声。伶俐鬼拿起钢叉，开始向声音处悄然前进。这是一种猎人的本能，也是妖精一族的生存方式，他们必须要为猎取野外的食物学会各种技能。

一个白白胖胖的唐僧暴露在眼前，伶俐鬼开始露出微笑，因为这预示着美食和饱餐。他仿佛已经看见族人欣喜的眼神。而接下来他要做的，便是小心翼翼地将唐僧采集到手，用特制的绳索缚好带回洞穴，然后剥去外部包装、洗净、投入锅中。当然，特制的调料是必需的，妖精一族相信，在蒸煮时，撒上一点点用骨殖研磨的粉末会让香味更甚，温度则必须用小火保持在90摄氏度，方能保证肉质外酥里嫩。而出锅时，用酿制的新鲜人血蘸着吃，更有浓稠感。

而采集唐僧的过程并不简单，这种食材的周围总有几种动物在逡巡，其中有一种产于花果山的灵长类生物，攻击性很强。历史记载，为了追求这道美食的味觉饕餮而被其攻击牺牲生命的先辈并不在少数。一般的做法是可以用香蕉等食物将它引诱开来，然后再采集唐僧。曾经还有有经验的妖精使用一种特殊方法，让唐僧主动排斥这个生物，也收到了很好的效果。但是伶俐鬼不打算用这些方法，这次他打算凭猎人天生的骄傲和勇气，主动上前进行采集。

一个时辰之后，午后温暖的阳光照进山间的洞穴，伶俐鬼的族人们已经听说了他身故的消息。他们虽然感到悲伤，却并没有十分愤怒和意外。妖精一族的命运便是如此，他们必须为了获得舌尖上的美食，不停战斗，不停牺牲。很快他们便会擦干眼泪，默默拿起利剑和刀叉，前赴后继，为了生命里一种天然传承的习俗而继续努力。

别人家的

小长假闲来无事听了一首歌，词曰：

当我还是个小孩子，就明白一件事。

别人家的孩子还不识字，就比我更懂事。

他不用睡也不用吃，没日没夜做卷子。

他从小就大红大紫，每个父母都认识。

你看看别人家孩子，那小脑瓜子装的全是知识。

你呢，啊，就知道吃，吃了那么多还不长脑子。

这首歌仿佛一记重锤，能敲痛不少脆弱的心，同时勾起许多人童年的回忆。常有人说最大的敌人是自己，但这么说的都是骗子，如你所知，每个儿童最大的敌人从来不是自己，而是“别人家的孩子”。

别人家的孩子是神一般的存在，他的讨厌之处在于，你所有好的方面，他不比你差，而你所有不太好的方面，他恰好都比你好一点。你若是在家懒惰成性，那他一定是父母勤劳的小帮手；你若是吃饭挑肥拣瘦，那他一定是荤素搭配营养均衡的胖小子；你若是成绩不稳定、忽上忽下，那他一定是每次都名列前茅，且依然坚持用功，每天不复习到深夜不休息，精力旺盛、双目放光、一举手一投足都散发着智慧光芒的尖子生。令人惊讶的是，别人家的孩子总是这么极其具有针对性地优秀着，仿佛他不是父母生的，而是上帝故意造出来羞辱你的。

姚明当年还在长身体练球技时，有位篮坛名宿来看他打球，看完摇摇头对他妈方凤娣说："你儿子前途有限，你看看王维君和任焕贞家的孩子，那打得叫一个棒。"可见"别人家的孩子"不仅出没在课堂上，有时还埋伏在球场上，真是处处都有危机。不知方凤娣后来有没有经常拿此话鞭策姚明。而这个别人家打球打得很棒的孩子，名叫王治郅。我们现在都知道了，大姚和大郅都很棒，专家的话果然是不能轻信的。

我少年时期因叛逆，自然少不了被父母用别人来旁敲侧击。但我成绩一直还算优秀，所以竟也有幸成为其他父母口中"别人家的孩子"。我的一位死党徐同学，他与我大学才认识，但双方父亲却早就有交情。有一日徐同学怏怏地告知我，在他高中时，他父亲便常把我树为典型说教道："我朋友家的儿子，学习好、作文好，还会唱戏、打篮球。"而徐同学当时未见过我本人，心里不免想：上帝是公平的，在学校什么都好的小孩，在生活里肯定是个一无是处毫无情趣的傻瓜。可见"别人家的小孩"在父母和孩子眼里，是形象截然不同的两种生物。

而当我渐渐年长，直至大学毕业步入社会，父母劝导我的方式仍然是老一套。记得初工作那几年，我父亲总是饭后有意无意地与我聊天，话题却永远都是哪个朋友的儿子刚刚生了小孩。唉，“别人家的小孩”连生育能力都比我强，想来真是忧伤。

于是在这样的暗示和催促下，我也终于有了娘子和后代。而我的父母终于没有可以羡慕别人的地方，我自以为高枕无忧。直至有一日，我家娘子哀怨地跑到我面前做楚楚可怜状道：“相公，×× 的老公刚给她买了个包包。”我突然一声闷哼，差点儿吐血三升。呜呼，原来没有了“别人家的孩子”，还有“别人家的老公”。我只能强忍心痛，掏出工资卡给她，同时暗暗下决心，哪怕拼了命，今后也要多挣几个钱。因为我知道，等儿子渐渐懂事，兴许还有经常买玩具买零食的“别人家的爸爸”在不远处等着我。

哲学男女

武侠

我如今双眼近视五百度，唯恐走在路上看不清花枝招展露大腿的美女，所以戴了隐形眼镜以便眉目传情。和别人因认真学习而近视不同，我年幼时光是躲在被窝里偷看武侠小说，便已耗尽眼力。我读书写字都文静如女子，唯有爱好武侠尚能证明身体里分泌的是雄性激素。如你所知，未喜欢过武侠的男人估计比未喜欢过女人的男人要少。

长年浸淫武侠书和武侠剧的收获便是，我逐渐了解到作者及编剧们的想象力边界，发现武侠戏和偶像言情戏其实也没什么两样，言情戏总离不开三角畸恋，武侠戏则永远离不开血海恩仇，总是俗套的桥段凑成俗套的故事。

譬如在武侠剧里，当男主的亲属压力是巨大的，因为男主有百分之九十的可能会遭灭门。就算家族名望再高，或是躲得再好，也总有一帮穷凶极恶的人会在多年之后寻上门来。但无论这些歹徒手段再恶劣，亲属死状再惨烈，男主自己是不会死的，哪怕他当时还是个襁褓中的婴儿。因为此时，他有百分之五十的可能会被迟到的高人救走，还有百分之五十的可能是他已是弱冠少年，会以极不科学的速度逃命，一群成年的坏人竟然追不上他。坏人倒也不急，因为该男主一定是路盲，最后必然要逃到悬崖边，逼于无奈跳下万丈深渊。

男主都有神功护体，从不惧怕任何高度的自由落体运动，而且会在深渊里随机发现神秘山洞、世外高人、珍禽异兽以及武功秘籍。运气好的话还会在草丛或枝头采到野果数枚，这些野果没有其他效果，就是专门用来增长功力的。最要命的是，男主角一肚子坏水，采到野果总是吃完才告诉师傅，从不愿带一颗回去与他分享。真是人情淡薄，令人唏嘘。

其他俗套且不合常理的桥段还有许多。譬如女人总是有帕金森综合征，听到震惊的八卦新闻时，手里端的盘子、茶杯必然要掉到地上打碎。男主行走江湖出手豪爽，动不动就上好女儿红加牛肉好几斤，却从不见他上班挣人工费，让人不得不怀疑他背后有神秘的赞助商。还有总有人要为天下第一的名号争夺，我就很不明白，不就是个全运会体操冠军吗，选几个评委打分不就行了，何至于闹出许多人命？

正派人士常宣称，练武是用来强身的，和打篮球吊单杠没什么分别，可一遇到邪魔外道，又说人人得而诛之，可见也是些两面三刀喜欢暴力的家伙。我是个爱好和平的人，若去写武侠，应该会和谐很多。各门各派还是有的，每个门派亦有自己的武功秘籍。但不再是《葵花宝典》《九阴真经》之类的了，而是《细节决定门派成败》《职业武林人士的七个习惯》《小江湖故事，大武林道理》《谁动了我的大刀》等之类的，相当励志。当你行走江湖感到困惑时，当你被堂主香主责骂工作效率低时，当你这个月又没有完成押镖绩效时，不妨拿出本门的秘籍读一读，怎么样，有没有感到一丝温暖和斗志涌上心头？

身体是恋爱的本钱

我过年的时候去了三亚，每日吹着海风，大啖着各种海鲜和水果，听导游和当地人讲黎族的风俗掌故。

其中有一条说，若是男孩长大看中哪家姑娘，便要和其他应征者比赛攀爬女孩家门前的那棵树，那树大多又直又高，肯定是不太好爬。我私下揣测，这是岳父岳母从侧面了解未来女婿身体状况的一个方法，因为若是才攀两尺，便呼哧呼哧大喘气，这样的孱头入了洞房，多半也是给不了女儿幸福的。

身体不仅仅是革命的本钱，亦是恋爱幸福的本钱。

所有男欢女爱的偶像剧里，你几乎看不到哪个男主角是残疾或病猫，身高马大、年富力强才是标配。否则，你若面带桃花娇滴滴地往他怀里扑，却只听他闷哼一声，脸色惨白，倒退三尺，罗曼蒂克的感觉顿时荡然无存。或是你含羞地要他抱你过小溪，却只见他抱着你步履踉跄、举步维艰，豆大的汗珠直往下滴，你心中那只幸福的小鸟怕也要一去不返了。杨过算是身体残疾的例外，但胜在武功高强，一只手照样令你黯然销魂。

偶像剧中的女人身体倒时有抱恙，尤其是韩剧，女一号是白血病高发人群。整部肥皂剧里，她拿到医院检查结果的那一集便是整个人生的分水岭，之前家庭幸福、爱情甜蜜，后面的若干集便开始哭哭啼啼、要死要活。再次证明了身体才是恋爱幸福的本钱。

所以我们怎能不爱惜自己的身体。身体和发肤，虽然受之于父母，却要用来和爱人共度余生。你用它说出动听的情话，你用它给予温柔的拥抱，你用它陪爱人走过陌生的旅途，你用它为爱人赢得宽裕的生活。

我如今已不再是少年，过去身体鲜有毛病，现在却不容乐观。整天不是低头弄手机，便是直面电脑，时间一长，脖子上像挂了两个铅球那么沉重。过去一周尚能运动一次，而今已悄然变成了一周一次的颈椎推拿。我有时亦会杞人忧天，倘若哪天我因身体状况而不支了，也不知我的家庭会不会遭受巨大的压力。所以新年伊始，我别的愿望都没有，只希望身边人都拥有健康。任何一个家庭、一段恋爱，倒下谁，少了谁，都不行。

就在我铺开稿纸，开始抓耳挠腮遣词造句想骗取两个稿费的前一个小时，微博上有人爆料，一名二十岁的妙龄女子在北京大望路的SOHO现代城楼上跳下，现场照片中有好心人用大衣盖住了她的身体，看不见血迹，但估计幸存的可能不大。

选择轻生，若年龄再小一些，有可能是学业压力；若年龄稍长一些，有可能是经济压力，但二十多岁的女子不愿苟活，多半是感情出了问题。

往生这条路一旦成功，是回不了头的。所以我们不知道路的尽头有什么，也不知道若给他们一次还魂的机会，他们是否会后悔轻生。我宁可相信，人生再困难，也总有回旋的余地和解决的办法，不至于要踏上不归路而罔顾年轻的身体。

身体是恋爱的本钱。自己好了，才有能力爱别人。

麻将爱情

周末午后，明亮的房间，一张桌子，四杯清茶。哗啦啦，麻将牌推翻又重洗。四个男女，时而神情凝重，时而放浪形骸，熟练地抓和打，将手中的牌化整为零，仔细经营，等待花开，追求一种仿佛转角遇到爱的惊喜。

“一条！”Q小姐是淑女，出牌的姿态都那么优雅，声音总是温柔得恰好能传到别人耳朵里，只是简单地报牌，别的话一句都不多说。今年三十二岁的她出身于书香门第，又毕业于名牌高校，人也清雅大方，追她的男性自中学起便络绎不绝，然而迄今为止她依然单身。尽管身边比她条件差的同龄姑娘们都先后步入婚姻的殿堂，她却出奇地镇定。父母亲戚都急了，物色了好几个相亲对象，不乏门当户对的优秀男青年，她也不拒绝见面，只是任对方热情似火，她却总是彬彬有礼，保持距离。几次下来，对方便都挫败放弃。有传言说她因为大学谈的男朋友去了美国，她在等他回来。她不置可否，一笑了之。“一条。”她安静地又打了一张。“呵呵，打了那么多条子和万子，在做饼一色吧。”对面有意试探。她看看手里的牌，笑了笑不说话。她的爱情也像这把牌一样，别人众说纷纭，但只有她自己知道自己到底想要什么。

X先生打了张白板，边抽烟边偷乐。起手一把烂牌，十三不靠，没想到几圈摸下来，竟然也快听牌了。他是Q小姐的高中同学，一直暗恋她，后来上大学不在一个城市，依然没事就找借口跑去Q小姐的学校看她。直到有一次Q小姐身边多了个男的，两人神情亲昵。他表面没事，回到自己学校就哭。他觉得他的人生糟透了，这几年都白活了。他一个人在食堂喝得烂醉如泥，躺倒在地，有个师妹在旁边看到，急得四处打电话求助，后来还陪着他挂水聊天。聊着聊着，他觉得自己好像也没那么失败，世界也没那么灰暗，身边的师妹也不见得就不如Q小姐。后来的故事就很烂俗了。总之现在X先生成家了，偶尔也会喝醉，喝醉了也只有当年的师妹服侍他。X先生叼着烟，伸出手指扣了张牌，食指和中指暗暗使劲碾过牌面，不用看便知道是九条。没错，他听牌了。他的爱情也像这把牌，起初貌似很灰暗，但谁也预料不到接下来的路竟会越走越美好。

S小姐对着手里刚摸到的二饼发愁，她一手的万子听牌，可是直觉告诉她这张牌会出铳。犹豫了半天，她还是咬咬牙打了出去。“哈哈，胡了！”果然，X先生得意地笑了。S小姐叹了口气，有些发呆。S小姐当年嫁了个富商，身边一群姐妹人人欣羡，可惜没过几年，听别人风言风语地说老公在外面有了情人。她的爱情就像这把牌，不管家里有多少万，幸福也会被一个二奶轻易摧毁。

推倒重来，没几手D先生就自摸了，他踌躇满志，春风满面，可能是因为不久便要成亲，S小姐、X先生和Q小姐都应邀去参加婚礼。D先生开玩笑地说：“其实婚礼何尝不是一把自摸，你们来的人个个都要付钱哦。”

齐人之福

我有个朋友是富二代出身，住别墅、开豪车，更过分的是他家有娇妻一枚，外有彩旗数面，经常带着不同女子在不同场合出现，嚣张得令人发指。每次看着他与那些丰乳肥臀、燕瘦环肥的妹子在眼前招摇，我和其他朋友只能强忍鼻血，暗自流泪。

在我们这群羡慕嫉妒恨的朋友里有不少单身男青年，毕竟饥肠辘辘地看人吃肉，滋味真的不太好。他们一夫一妻尚且不可得，而这个winner已和天下许多小开一样，公然过上了“一夫多妻”的生活。自然界的资源分配法则就是如此残酷，总是几个人吃了多数的肉，于是剩男们只能含着仇恨的泪水画饼充饥。

受着眼前活生生的刺激，这群单身的朋友再看《鹿鼎记》，更是黯然。时间一长，他们便个个以韦小宝为偶像，虽然一个对象都还没有，但还是叫嚣一夫多妻的好。最近他们的偶像又从电视里的扬州小流氓换成了南非大总统祖马，因为据说他有好几个太太，而且竟然在一天之内换了四个出来见客，这在剩男的眼里，简直就是赤裸裸的炫耀。当然之所以不能一起带出来，其中是有隐情的。

其实我的这些朋友想得偏颇了，这种齐人之福哪怕是在提倡一夫多妻的国家，也并不是所有人都能享受的。原因之一是男女比例失调，僧多粥少；原因之二是既然名正言顺了，那些无知少女还不马上赶着去找有权有钱的人家吗？国外的普通青年怕是更没肉吃了。

即便在要求“一夫一妻制”的我们中国，也不能阻止这样的事发生。汤唯在新戏《北京遇上西雅图》中饰演的文佳佳，多么青春靓丽，可惜她的身份从“小三”变成后娘，选择不是老钟便是医生，也没有素食青年的份儿。

其实时光往前推不到几百年，中国人也可以三妻四妾。不过幸福的程度却未必与伴侣的数量成正比。像韦小宝那般与七位娇娘其乐融融的人间佳话毕竟是小说。更大的可能性是如周星驰在《唐伯虎点秋香》中娶的“八美”一般，弄得乌烟瘴气，星爷不得不改而追求小清新的秋香姐。可见配偶的质量远比数量来得重要。

我在年少时也提倡“一夫一妻”，即男人需要有一个夫人和一个妻子。现在想想，真是年少轻狂的傻话。如今我成了国家政策坚定的拥护者，绝对赞成只娶一个好。因为现在早已不是男人说一不二的时代，经济命脉又往往掌握在太太手里，你若真娶三个回来，还不天天像古惑仔一般，为话事权打起来；而且势必个个要像祖宗一样供着，不能厚此薄彼。一想到每年要操办的生日、纪念日翻了三倍，连LV的包包都要一下买三个，我的心就顿时拔凉拔凉的。

喝醉

我虽然平素不喜杯中之物，偶尔应酬也多以要开车为由拒绝劝酒，但过年时仍难免要与亲戚对饮几盅。偏生我酒量不行，喝起来又不懂保留，所以常常一饮就醉。我喝高便忘事，总是一觉醒来浑然不知自己是如何从酒桌乾坤大挪移到床上的。还有一次醒来满身是伤，努力回想却一无所得，所以至今亦不知究竟是酒后跌跌撞撞碰伤的，还是被娘子趁机一顿毒打致残的。

据说酒后容易吐真言，我某次在清醒时惴惴地问我家娘子，我醉时可曾说过什么。她摇摇头道："你什么都没讲，狡猾得紧。"我长出一口气说："那是因为我对你坦诚，没有什么可隐瞒的呀。"转过头便到鞋盒里数了数私房钱，一张未少，而藏在书柜顶端的前女友的书信也未被收缴。噫，大幸！

似我这般醉后舌关紧锁，倒头即睡的，算是文醉，亦是安全系数最高的一种醉法，适合做地下党和特务工作。哪怕敌人拿出陈年老酿拼命腐蚀我，即便我不省人事了，多半也是套不出什么秘密的。怕只怕酒渐多未多、人半醉半醒光景，那时我和天下所有喝酒人一般，也会渐渐话多起来。只消敌人在这个阶段及时地再祭出一招美人计，同时面对酒精麻醉和蚀骨销魂，我主动招供也是极有可能的。

几年前有人弄出一个三分法，即普通、文艺和二逼，几乎放之四海而皆准，若是应用在饮酒上，也十分贴切。酒席刚开始，大家都是普通青年，和平时无异。三两盅下腹，便摇身一变，文艺起来，平时再闷的人也变得闷骚，个个说话都是一套一套的。敬酒能想出一千个理由，拒绝别人敬酒也能想出一千个理由，但拒绝的理由在情面上总是大不过敬酒的，最后还是要喝。再往下喝便又要变身了，在清醒的人眼里，醉酒的人最后都是二逼青年，有的随意躺倒，四仰八叉，仿佛刚被枪毙的罪犯；有的精力旺盛，酒话连篇，不断纠缠调戏酒店的服务员；有的引颈高歌，放荡不羁；有的痛哭流涕，不知所以。总之，若是一个桌上的人都醉得七七八八，则这桌酒席的盛况和精神病院的病房完全可以媲美。

有人将饮酒和女子的一生做类比，总结为五个阶段：第一个阶段犹如处子，总是严防死守，婉言拒绝：我不会喝；第二个阶段犹如少妇，别人来劝酒时半推半就，嘴上说不会喝，酒杯却照样端起来；第三个阶段则如熟妇，二话不说，一饮而尽；第四个阶段像极了寡妇，会主动出击，四处敬酒；第五个阶段则如老妇，明明不行了，嘴上却在说我还能喝、我还能喝。综上可见，凡天下人，饮酒的过程都是相似的，但烂醉后却各有各的样。

我为了不饮酒、不留太多丑相，常常开车去参加各种宴席，但清醒者总是自然而然就承担了拯救醉酒朋友的义务。多年来，我不知从厕所里拖出多少长醉不醒的醉鬼，也不知送回了多少沉醉不知归路的迷途人。甚至有不少人上我的车后便长歌当哭，一路都在痛述心中的不快。而我在夜风中开着车，听着那些心事，满脑子只有一个想法：为什么我每次载的酒鬼都是牢骚爷们儿，却没有一个哀怨的单身美女，呜呼！

选专业

大哥家的女儿刚刚参加完高考，如今面临填志愿的难题。看着她慎重考虑的样子，我不禁感慨光阴似箭，岁月如梭。想当年我考完在思索去哪座城市哪个学校的时候，她还是个穿着开裆裤、拖着鼻涕的小丫头。如今我已是满脸胡子的猥琐中年男，而她却出落成一个亭亭玉立的大姑娘，像十四年前的我一样，被时光催赶着，站在了人生抉择的十字路口。

填志愿看似简单，无非一是选学校，二是选专业。学校往往跟对城市的喜好有关，像我早年读了朱自清的《桨声灯影里的秦淮河》，印象极好，就一头奔向了南京，而我的朋友李铁根则心仪山东，因为那里有他寤寐思之传说中的蓝翔技校。

相较而言，专业对于未来的影响更大，也更莫测一些。其实对于没入大学体验过的孩子来说，那些专业就像旧时还未掀开红盖头的新娘，只闻其名，连脸上有没有麻子都不知道，所有的贤良淑德、优秀品质都是听别人说的，难辨真假。所以，这样选择无异于一场人生的豪赌。

1996年的时候，克隆羊刚刚问世三年，生物工程这个词热遍全球。

于是在父母的怂恿下，我填志愿时选了生物科学。踏入校门的一刹那，我仿佛已经看到几年后，自己成了伟大的科学家。无数剩男挤破了我的豪宅，抢着要花重金请我克隆张曼玉、李嘉欣和武藤兰。学了两周后我才知道，生物还有动物、植物和微生物之分呢。学这个专业的未必个个都能操持精密仪器克隆羊、克隆驴，还有可能会走到广袤的农田里，研究大粪对作物生长的影响。我们系有个师兄便是，毕业后进了酱油厂研究配方。如此巨大的落差让我在异乡的夜里，心常常是拔凉拔凉的，泪水将枕头打湿了好几次。

其他专业也莫不如是，学英语的以为自己会成为元首翻译，四年后却默默地在给盗版电影翻译字幕，署的还是网名。学广告策划的以为自己会是如李欣频一样的文案大师，四年后却穿梭在大街小巷，看到电线杆就拍上一张“包治百病”“重金求子”的字条。学计算机软件的以为自己会是 IT 企业的 CEO，四年后却在珠江路贼眉鼠眼地兜售爱情动作片光碟，一听说城管来了便望风而逃。最惨的是学国际金融的，总以为自己会是商界巨子，谁知四年后却在凄凉的午后，拨通一个个久不联系的初中、高中同学的号码，寒暄过后尴尬地问道：“那什么，你听说过安利吗？”

当然，真正把专业学好并学以致用的还是大有人在的，不过多数人踏入社会后，都在用专业以外的知识骗吃骗喝。我大学先是学了生物，后来又学了软件工程，但是现在既忘了怎么解剖蛤蟆，也不会编木马种到姑娘的电脑中窃取艳照，倒是靠常年写字的兴趣和习惯，码点不靠谱的文章赚点私房钱。所以不管是什么专业，能学到谋生的技能才是最重要的。

爱的馈赠

日前大陆有一女子，因迷恋罗志祥，豪掷多年积贮的压岁钱，购得十万元轿车一辆，欲赠给偶像，并随车奉上自己的爱心。不知道show lo有没有回应此事，如果是我，我会学习《西游降魔篇》里的捉妖道士，一边将车钥匙接过揣兜里，一边拒绝她的告白并诚恳道：爱这么贵重的东西呢，我是不会要的。

说归说，实际上我并没有这样的机会。想想确实凄凉，我在新浪微博也坐拥几十万粉丝，可惜快两年了，连张美女的私照都没有收过。同样都是粉丝，为什么做人的差距这么大呢？想到此处，我便唏嘘得肠子都要断掉了。

该女子还声称，若Show Lo不肯要车钥匙，她便砸烂此车。我在想如果Show Lo也不要爱，不知道她会不会砸烂自己。这种推论并非无根据。杨丽娟便做过类似的事，当年她尾随偶像去到香港，始终没能得到青睐。让人忍不住要感叹一句：问世间情为何物，直教人生死相逼。

感情的世界里，自古便难免要送些什么东西。可能因为爱情一事过于虚幻，仅是口头表达又流于苍白，总要寄寓于物，才算看得见摸得着，有了凭证。所以有人选择送车，有人选择送死。仿佛越贵重，就越能证明情比金坚。

远古时期可能是这样：数头男猿拜倒在某女猿的兽皮裙下，第一头献出野果若干，女猿一声冷哼；第二头献出野兔一对，女猿的鼻腔再次发挥鄙视技能；直至某头强健男猿从肩上卸下整只猎物，女猿方娇嗔一声，娇羞颔首。在失利男猿们悻悻的注视下，中标者牵起女猿毛茸茸的小手，奔向山顶的洞穴。

后世流行送定情信物，轻至丝帕一方，贵如明珠一颗，其实都是从野果、猎物演化而来的。我小时候听过一出戏，戏里的男一号穷书生要赴京赶考，表姐怕城里的姑娘太诱惑，他把持不住，要送他一座珍珠塔作信物。赠塔时，只见她千叮咛万嘱咐，哇啦哇啦唱了半小时，我幼小的膀胱承受不住压力，去茅厕缓解了两次，回来见塔还在这位表姐手中。得亏她表弟有耐心，换作是我早拂袖而去了。你丫爱送不送！

其实，如果郎有情妾有意，便是送一句情话，也能心甜如蜜。如果心有他属，哪怕你送我良厦一间，我也……要问一句：房产证上写谁的名字？

相较而言，送花确是一项创举。女子其实未必爱花，却都爱收花。人花相映、两两生辉，又不太浪费，无论从画面效果还是经济角度来考虑，都是上策。所以如果情人节、生日、纪念日，你若忘记准备礼物，哪怕临时买上玫瑰一束，表现起码还能及格。

送花还有一项好处就是可以表明心迹，因为据说不同数量的玫瑰有不同的花语。送一朵代表只爱你一人；送两朵，代表世界只有我和你；送十一朵，代表一生一世爱你；送九十九朵，代表爱你久久。若是一下送九千九百九十九朵，呵呵，可能代表他家是养花的。

择偶那些事

我家娘子天生丽质，那年刚刚毕业，首次在我部门亮相，引起公司一众老少色狼的骚动，每日前来借用物什、讨教业务之人明显见长。最终老牛我利用近水楼台之便，成功衔得这枚嫩草，一度令公司周围的酒家里平添几多借酒消愁的苦闷男。

但是我自问资质平庸，且一贯运程欠佳，多年来购彩票无数，中奖全无。如今忽然得美女青睐，因此心里时常忐忑。往往深夜纠结得无法入眠，便摇醒枕边人，残忍逼供："娘子，你究竟看上相公我哪一点呢？"我家娘子不胜娇羞，轻声答曰："人都夸官人你博学多才，老实本分，奴家好生喜欢。不过已是夜深，官人你若不想安寝，门后有一搓板，可速去跪而静思。"我连忙闭眼。须臾，她又来摇我："官人，你又看中妾身哪一点呢？"我执手含情道："娘子你兰心蕙质，世间少有。"转头在心里说，那是因为当时给你面试，一问三不知，我就料定，这姑娘好骗得很。

这些私房问答，其实均关乎一个千古话题：男女择偶观。

已经很难考究，最早的择偶观产生于何时，或许是母系社会，某健硕男猿身手不凡，一次猎得数头猎物，傲视群猿，于是女王猿在饱餐之后，右手皮鞭，左手蜡烛，全力犒赏英雄男猿。又或许是父系社会，某女猿一次性解决数十名幼猿的口粮问题，遂成众男猿梦中情猿。可见，择偶必产生于审美之辨。

当然，择偶观也随时间发生变化。若在古代，女子往往中意英雄与才子。其实调遣文字与调遣士兵无异，均是功力深厚方能见其风范，迷倒众生。所以虞姬为项羽而死并不足奇，民国大师林琴南一生为文，有许多女子争相喜欢他，也在情理之中。

今世女子择偶与古时迥异，许多人爱财胜于爱才。胸有文章，不如家有楼房；著作等身，不如钞票等身。

择偶标准的不同，体现了时代价值观的变迁。谈不上孰优孰劣，不过是审美的不同而已。

若是嫌寥寥数字的标准不够丰满，其实在如今的影视作品里，也可以窥到男女不同理想配偶的直观形象。想知道男人喜欢什么样的女性，你看看电影里每个老板配的女秘书，基本便可了然。而年轻女性的理想另一半，则全部生活在偶像剧里。

打球

曾有人问：“餐饮业做什么最方便？”答曰：“做豆腐。”因为豆腐做成什么样都有名堂：做硬了是豆腐干；做稀了是豆腐脑；做薄了是豆腐皮；做没了是豆浆；万一没有销路，搁臭了，还能继续当臭豆腐卖。同理，运动项目里数球类是最容易的一项发明，弄一个球，放脚下踢便是足球，搁手里拍便是篮球。走三步是篮球，不小心多走一步便是手球。若是天热，下河边游泳边玩便是水球。一不留神球做小了，可以拿两块木板互相打，便是乒乓球；再把它打破了，切一半插两根毛又变成了羽毛球。

在许多女人看来，球类运动即是如此，不外乎若干人分成两队，你来我往，把球玩命抢过来，最后又要拼命丢出去，很是矛盾。但在男人眼里，便能看出参差多态来。

像我，自小只喜爱篮球，其他运动一概不屑。尤其是足球，二十几个大老爷们儿面对那么大一个门，竟然九十几分钟都进不了一个球，实在有欠准头。而且往往世界杯、欧洲杯等重大赛事都在深夜或凌晨举行，我曾熬夜看过一场小组赛，第二日一早同事问我赛果，我说都写在脸上了，然后疲倦地指给他看鼻梁两边两个大大的黑眼圈，他立马顿悟，知是一场 0:0 的平局。

我有个表哥大我十岁，他读初中时是校篮球队队员，而我尚是幼童，自那时起便饶有兴趣地学他拍球。后来我读初中时步他后尘，虽然身高不够，倒也在校队谋了后卫一职。但直到进了大学，我方尝到打球带来的甜头。如你所知，在中学里可能凭脑袋瓜聪明能倾倒不少女生，但在大学校园里，运动型的男生总是更迷人一些。而那些女生压根儿不懂篮球，她们只是觉得谁能得分谁便是帅哥，便为谁欢呼，所以往往篮球场边总是挤满了花痴少女。而半天进不了一个球的足球比赛，却总是粉丝寥寥，很是凄凉。

我虽然打球时准头欠佳，但胜在敏捷灵巧，竟也吸引了几位女球迷，其中一位后来成了我的女朋友。我还弄了张篮球裁判三级证书，平时执法校内篮球联赛，每场有俸禄若干。可见，球中亦有黄金屋，球中亦有颜如玉。如今想起，仍然不亦快哉。唯一不快的是，那位女朋友老问我："听说打球会长高，你打了十几年，缘何还是这点儿海拔？"我只能悻悻答道："若是不打，兴许还长不到现在这么高。"

篮球是一项既讲究身体又讲究技巧的运动，好的选手要么个儿大，要么技巧超人。一般来说，黑人的身体条件总是好一些，其他肤色人种只能通过后天的训练提高水准。若是你这两样都没有，无须气馁，就我多年临场对敌的经验来看，有时天生狐臭的人亦能在攻守两端一举手便占尽优势，杀人于无形。

说起球事，我现在有无限唏嘘。十几年前，我打球几乎如大解，至少每天一次。时过境迁，年华老去，如今在忙碌的尘世里，我的打球次数已经直逼女人的例假，最多每月一次，还极不规律。我连球赛直播都懒得看了，偶尔打开电视，看当年的央视体育评论员于嘉仍坚守解说岗位，只是脸上也多了几分沧桑，嘴里念出的球员名字更是个个陌生，顿觉恍如隔世。

三十而婚

近来有两则新闻令人莞尔，一是国家要出台相关法律规定年轻人必须善待老人，常回家看看，否则即是犯罪。陈红当年有首歌唱道：老人不图儿女为家作多大贡献，一辈子不容易就图个平平安安。原来这个“平安”指的是别因为不常回家被抓起来，真是神预测啊。我原以为这歌类属公益，没料想还有法制教育的功能呢。

第二则新闻便是记者就此事采访某老汉，老汉怒道：“不回家算什么，小孩三十岁还不结婚才是犯罪，应该判刑！”

两相对比，可见我国老年群众丝毫不在乎儿辈常回家看看，不用你帮妈妈洗洗筷子洗洗碗，也不用你帮爸爸捶捶后背揉揉肩，但这是有条件的，就是你不回来可以，你得结婚然后送个孙子或外孙回来。可见他们更关心的是人类的繁衍生息，简直无私得可以上《感动中国》。因此我也要附和一下，我十分同意该老汉的主张，强烈建议年轻人若三十岁还没结婚生子，就该判刑，没老公的女同志判公刑，没妻子的男同志则判无妻徒刑。

我之所以敢这么建议，当然是因为自己已经洗脱了嫌疑。不过说来也险，我在情海兜兜转转许多年，错过了好几段姻缘。眼见着快到而立之年，几乎就要跌入犯罪的深渊了，顿时急坏了我的父母。他们联合众多亲朋好友，不分昼夜地对我进行了说服教育，动之以情晓之以理，希望我坦白从宽，抗拒从严，好好改造，重新做人，我这才悬崖勒马，浪子回头，于二十九岁那年成家。总算没有给这个社会造成恶劣的影响，没有给整个家庭抹黑丢脸。在此，不得不感谢我的父母和勇敢接受我的娘子。

但不是所有人都有我这么好的运气。年过三十依然单身的人还是比比皆是，过去称他们为“剩男剩女”，我琢磨着“三十而婚”写进法律后，可能就要改用“犯罪嫌疑人”这个称呼了。

同理，《非诚勿扰》等相亲节目以后也应该变成法制节目，介绍已逾三十岁的男嘉宾时必须类同于陈述犯罪经过，大意如下：“犯罪嫌疑人 ×××，今年三十二岁，于 2011 年 × 月 × 日超过三十周岁而至今未婚，造成了双亲及亲朋好友多人心灵受伤，其奶奶更是没看到孙媳妇便一命呜呼。经调查审讯，××× 对自己的犯罪事实供认不讳，念其有自首行为，希望现场的女嘉宾对其进行感化教育，促其早日悔改。”如此一来，收视率必能再创新高。

戏谑归戏谑，其实不结婚即入罪并不是无源之水，而是有历史传统的。两千年前，刘邦的儿子汉惠帝即位后，便有法令：女子十五岁至三十岁之间不出嫁，要罚一年的口粮。这是古代战后为恢复人口的常用手段。不过婚姻说到底还是自己的事，双亲再急，不能强制。倘若不能将子女送进洞房，便大义灭亲送进牢房，那也着实太滑稽了。

生男生女

生男好还是生女好，这是一个问题。

你若是问我，凭着我一向中庸的风格，我会捻须微笑，摇头晃脑地告诉你，这就像问中餐可口还是西餐美味，无非是因人而异。譬如财大气粗的富人，若不诞下个带把儿的男丁继承家产，必然死不瞑目。我家娘子，则天天念叨着要再生个女儿，以便将来母女一起惊艳地招摇过市。

这之所以能成为一个严肃的命题，是因为绝大多数人这辈子只有一次合法的造人机会。这就好比明明是自助餐，却只让你吃一道菜，势必会为吃刺身好还是吃冰淇淋好而烦恼。若放开造人的个数限制，问题自然迎刃而解。只要你足够长寿和足够精壮，大可以生到你不想生为止。当然为避免悲剧，毅力也相当重要。古书有载，某人只爱男娃，夫人第一胎诞下一女，于是命名为“招弟”。第二胎不争气，又是女儿，遂起名为“再招”。第三胎依然如此，愤而起名“又招”。望穿秋水盼来第四胎，胯下仍然不见那条小肉虫，该男仰天长叹，悲凉地为之起名为“绝招”。

由此可见，生四个依然有清一色的可能。

其实这几年一直有新的二胎政策即将出台的传言，据说夫妻一方是独生子女，便可生育第二胎。不过仅仅多了一次机会，随机性依然很强。只怕生男生女的问题依然是问题。

我目前膝下也有一子，但是在他尚未诞下之前，我曾经颇为犹豫。从私心来讲，我略喜欢男孩，不过跟传宗接代无关。我只是希望他能继承我一些梦想，譬如打篮球、唱歌、弹钢琴、读书写作……但从生活压力上来讲，我又不希望他是个儿子。因为在这个苍茫的时代里，想做别人女儿的公公并不容易。儿子出生后，我压力陡增，天天都在计算将来为他结婚买房买车的成本。最近又读到一则新闻，说江苏的结婚成本最高，男方平均花费在百万以上，惊得我在暗夜里倒吸一口凉气。

当然，生男生女，都有操不完的心，担心他们的健康，担心他们的学习，担心他们的婚姻与事业。成长的路上还得担心他们会不会学坏。从男女之事上来说，女儿学坏让父母更加操心。因为传统观念总是让人觉得，女的是吃亏的一方。《笑林广记》上说：有翁嫁女，新婚之夜，独自在家踱来踱去，烦躁得很。仆人不解，问其故。老翁愤怒地说，你不知，那小子这会儿正嚣张着呢！

所以说到底，担心儿子买不起房，担心女儿被人嚣张，又有何异呢？还是放宽心，生男生女都一样。

哲学男女

上中学时，我比较中意的学科是语文，因为扯得一手酸文。如果拍好语文老师的马屁，她就会帮我往报刊推荐，偶尔有幸登出来，能吸引许多懵懂的女孩子给我写信。由此可见我自小就有劣根，刚发育就存了一肚子坏水。

我比较厌恶的是政治课，中学里哲学和政治混在一起教，而且枯燥乏味。每每老师在台上唾沫横飞，介绍“矛盾的普遍性、同一性和斗争性”时，我就在下面流着口水给女笔友回信。老师还频频向我投来赞许的目光，以为我在认真做笔记。其实在我看来，他非要讲，我又不想听，这门课本身就显得很矛盾。

当年的我激愤得像个愣头青，觉得哲学是狗屁。谁知后来竟失了节，交了个哲学系的女友。她不时和我谈人生、谈理想，我也就逐渐地改变了对哲学的态度。这个事实证明我在女人面前，立场还欠坚定。若是将来有猎头公司挖我，可以考虑一下美人计。

我在岁月里渐渐明白了一些道理，也多少了解了一些男女之事。以我愚见，用哲学的矛盾概念解释男女之别，其实颇合适。

矛盾的特点之一是对立，也就是有所不同。《旧约·创世记》里提到：上帝照着自己的样子造了男女。所以我一直怀疑上帝是雌雄同体，否则如何能生生创造出两款完全不同size的肉身。一款高大雄壮，线条粗犷，嗓音洪亮；一款则娇小可人，曼妙柔顺，声若莺啼。男女的形貌不同是最明显的对比，不加刻意修饰掩盖，应该可以一眼就能分辨。所以我常常为古装武侠剧中的人物的智商着急，明明是朝夕相处的女子，头发一盘，往脸上抹点泥，就莫辨雌雄了，实在很不科学。

男女看问题的思路也不同。自从我抓耳挠腮码出的字能换来几个酒钱后，颇为自得，看每篇文章字里行间全是“才华”两字。而我家娘子就务实许多，她看我的专栏，像看3D画一样，能看出许多立体的稿费来。我家娘子还经常揽镜自叹：“唉，又没衣服穿了。”初听此言时，我哈哈大笑，看着满满一橱柜她的衣物说：“娘子你真幽默。”后来见她隔三岔五祥林嫂一般地重复这句话，才知她竟然是认真的。原来对于女子，穿过的衣服就不能再称之为衣服了，只有那些在商店橱窗里还没买的才是。自从知道了这一逻辑，我一直惴惴，没敢问她洞房过的老公还算不算老公。

矛盾的特点之二是相互依存又相互斗争。男和女总要结合，互相依赖，可结合后不吵架的，估计亘古未有。男和女的关系就是如此微妙，离不开又瞧不起。我小时候看过一部动画片《没头脑和不高兴》，现在想来，这简直就是部情感寓言。在情侣关系中，男人永远都是女人眼中的没头脑，丢三落四，不注重细节；而女人永远都是男人眼中的不高兴，事事抱怨，阴晴不定。男人总是嫌女人头发长见识短，女人又总是不屑地说男人没一个好东西。可是男人还是想找女人，女人还是需要男人。就如周华健的《上上签》里说的：留在身边讨厌，没有又想念。真是天生的一对矛盾，天生的一对冤家。

矛盾的特点之三是矛盾双方在一定条件下可以互相转化。拜现代科技所赐，男和女互相转化好像也不再是什么难事了吧。

三八闲话

3月8日那天一上班，单位的办公室主任登时发现自己陷入了一群女人的包围之中。这些女子个个浓妆艳抹、打扮风骚、眼神迷离、口水直流，伸着咸猪手在主任身上乱摸，一边摸还一边叫唤：“主任啊，今天发不发钱啊？”

如你所知，看到这么低俗的画面，我通常都会嘤咛一声，娇羞地双手蒙眼，然后从指缝间继续偷窥。

这群女流氓的手段甚是了得，如此调戏主任的结局就是每人都眉开眼笑地领走若干人民币，还顺便领走半天假期，一个个婀娜地从我面前走过，手里的票子甩得哗哗作响。我看着一沓沓钞票从我眼前鱼贯而过，愣了半天，最后只能长叹一声，忧伤地提着裤子，跑到厕所尿尿。我独自在清冷的洗手间扶着墙，强忍悲伤安慰自己：“节哀吧哥们儿，你只是个妇女用品，注定没这福气。”

喝水不忘挖井人。不知今天的女子领完钱享受假期，在疯狂逛街购物时，会不会在心里感谢一下一百年前的芝加哥女工。得益于她们争取男女权利平等的运动，今时今日，女子不但拥有一个男子垂涎的节日，而且一样可以接受教育，可以从事几乎任何职业，可以自由恋爱与选择婚姻。

种种现象都证明了女子的地位提高了，这已无须赘言。四年前我寓居昆山时，某美容院赠给我家娘子几张优惠券，反面赫然印着“男人三从四德”，“三从”为：一、老婆出门要跟从，二、老婆说话要听从，三、老婆决定要盲从；“四德”则为：一、老婆生日要记得，二、老婆心事要懂得，三、老婆生气要忍得，四、老婆花钱要舍得。回到家我家娘子当即一手叉腰，一手执鸡毛掸子，勒令我将此铭记于心，并且要严格执行。前年我的一位美女旧同事嫁人，也在婚礼上拿出一张《老公守则》，当场叫新郎宣誓。我清晰地记得第一条为：要热爱老婆，坚决拥护和服从老婆的领导……可见女子家庭地位大有反超之势，从过去的做牛做马一跃而成为今天的作威作福。

当然，世事无绝对，有当上领导的，便有继续受压迫的。七十五年前的3月8日，敏感抑郁的阮玲玉不堪情伤，服药自尽，宛似一朵在风雨中凋零的花，香消玉殒。以自杀的方式辞世，说明了她心里的委屈和自身的柔弱。时至今日，三八节已然诞生了一个世纪，然而此类悲剧却仍可以随处听闻。南京的长江大桥便是殉情的一大圣地。女子似乎更容易在感情里受到伤害，不仅仅因为她们普遍更重视感情，同时也是因为在感情的世界里，多数女子把自己放在了弱者的位置，太过依赖男人，从而失去自我。一旦被背叛、被遗弃，必然如天塌一般无助。

所以三八节终究是一种形式，私以为女人的出路，还须自重、自强。

女人逛商场，犹如上战场

商场如战场。这句话说的不是两大集团尔虞我诈、你死我活的商海较量，而是说女人一走进商场，看见那些花花绿绿的衣服、闪闪夺目的珠宝，便两眼血红，涎水直流，视死如归的气概油然而生。彼时她囊中的钱和你卡中的积蓄就如同枪膛里的子弹，大有不打光最后一发子弹不轻易下战场的念头。

而更要命的是，打仗尚不累及家属，你自去战场厮杀，妻儿还能在后方安稳度日。可是女人去商场时常喜欢伤及无辜，总要牵着男友或老公。不信你看那些情侣，进了商场，女方多数趾高气扬，指点江山；而男方则多数垂头丧气，唯唯诺诺，跟在娘子军身后，凄凉得像个战俘。

再论危险性，商场也不亚于战场。七八年前的某个晚上，我领着当时新交的女友去南京德基看电影，因为开场时间尚早，两人在五楼吃过晚饭便先在广场里闲逛，不知不觉晃到了一楼。时值隆冬，家家店里的模特都穿上了大衣，一派贵妇模样。我女友逛到一家店门口，眼馋得不行，便提议进去瞧瞧，说完就迈腿而入。如你所知，女人逛衣服店哪有真的只是瞧瞧之理。我跟在后面暗暗叫苦，却无法阻拦，只能硬着头皮跟了进去。

营业员一见有客，仿佛灰太狼见了喜羊羊，就差当场流口水了。她引着我女友，在一件件衣服里穿梭，我心中忐忑，唯有暗暗默念，祈祷她一件都看不上。不幸的是她在一件风衣前面停住了，经验告诉我，女人若是在某样商品前面停留超过十秒，是一个极其危险的讯号。我连忙追上前用余光瞟了一眼标价，呵呵，三万六。但是我脸上还得不动声色。此时，两眼放光的营业员已经开始撺掇我女友穿上试试，她兴奋地脱下外套，忙不迭地换上，在镜前搔首弄姿，还时不时地问我好不好看。呵呵，如你所知，这种时候我哪有心情观察她好不好看。我满脑子想的都是天上突然掉一个陨石吧，或者商场突然响个火灾警铃吧，这样我就能理所当然地牵着她跑掉。但是理智如我，还是深呼吸之后淡淡地给了她一个回答："你自己觉得呢？"

最后她没有买那件风衣，不知为何。但从店里出来时，我心里那个舒坦啊，仿佛刚从战场捡回一条小命。

除了步步惊心之外，男人不爱陪女人逛商场的原因还在于购物方式的不同。男人多半是先有了欲购的目标，方才下决心去商场，且一入商场便直奔主题，问清价格稍作比较即欣然埋单，然后华丽转身离开，绝不拖泥带水，爽利得像一个杀手。而女人入得商场，虽然心中或许也有欲购之物，但她偏要从入口开始，一家家慢慢往里逛，且每一家都要进去瞧一瞧，每一件衣服都要摸一摸，好看的每一样都要试一试，穿上后还得仔细照一照，兴许还要自拍两张，然后慢慢脱下，施施然离开，留下营业员一脸的不满和男友的不耐烦。

逛商场于男女是件极不科学之事，再强壮矫健的男子，一旦跟着女朋友进了商场，立刻变得下肢残疾，仿佛瘫痪了，不能多走一步，只要看到椅子便立刻瘫倒在上面；而平时再娇弱瘦小的女子，一进商场也能立刻化身超人，即使走上四五个小时，嘴上说累，脚却永远不肯停歇。若是再让她看上一件十分心仪的商品，只怕来四五个壮汉，亦不能将其从店里拖走。

因此种种，我料想马云这厮在男人眼里一定是天使和恶魔的结合体。因为他家的网上商城，让女人不出门便把街逛了，省了男友、老公们陪逛的劳累，的确是功德一件。但同时其便利性提供了不出门便轻松刷爆老公卡的可能，女人躺着便把钱花了，想想还真是歹毒呢。

说谎

最近貌似在整治网络谣言，只不过一直缺乏精准的定义，普遍认为谣言最明显的标志是“不是真话”。如此，妄言、戏言和传言就都有中枪的可能，而最容易被张冠李戴当成谣言的，则是谎言。

其实若比危害性，谎言要无关紧要得多。我仔细回忆了一下，自己似乎生来就被谎言包围。而我的父母则是最大的谎言家。听说早在我初到人间，尚未睁眼，只是哇哇乱哭时，他们便相拥而泣，激动地说：“他长得可真漂亮！”多年以后，我对着镜子里的老脸才明白这句话有多么荒诞、多么无稽，这可能是我人生中听过的最早的谎话。

等我稍大，能跑能跳了，他们依然利用我的无知，用各种谎言敷衍我。譬如我大嚼泡泡糖时，他们恐吓道：“不能咽下去啊，吃到肚子里会烂肚肠哦。”譬如我好奇小壁虎掉下来的尾巴时，他们又威胁道：“不要随便碰啊，会钻到你鼻孔里去的哦。”类似的谎言还有：在屋里撑伞会长不高，吃鱼子会变笨蛋，玩火会尿床。我童年时有个羞耻的记录，一夜尿了三次床，充分体现了我当年幼小的膀胱有多么脆弱，不过现在想来这也有可能是我将来会火的先兆。

等我上学终于脱离了父母的“魔爪”时，却发现学校也充满谎话。

最令人发指的是，几乎每个老师都喜欢拖堂。每每下课铃一响，他们总是一脸诚恳地道：“同学们，我再讲一分钟啊。”其实若下一堂课的老师有事不来，他们恨不得要和你“海枯石烂”。等到他们意犹未尽地离开，课间所剩给你如厕的时间也寥寥了。电视剧中间还穿插广告时间，以缓解观众膀胱的压力，这些老师却完全不尊重自然界的生物法则，简直没有人性。我后来学生物，经常解剖一些小生物，每当从它们体内取出膀胱时，总忍不住想起那些在讲台上滔滔不绝、唾沫横飞的老师。

毕业后参加工作，老板也对我说谎：“好好干，年底加薪！”“好好干，带你们出去旅游。”于是我只好学姑苏慕容，以彼之道还施彼身。“老板，我不舒服在挂水，今天就不去上班了。”“老板，我姑奶奶死了，今天就不去上班了。”“老板，我小叔叔难产，今天就不去上班了。”谎话就是如此，对方未必真信，但许多事都需要有个理由。

家中亦是如此，我家娘子经常买一堆上衣、裤子、鞋子、包包回来，在镜前搔首顾盼，还时不时问我：“相公，好看吗？”每当此时，我总是很认真地做诚恳状回答：“真好看！”当然也并非次次都是真话，只是我若说不好看，第二天她必然又要噘着嘴去重买。

也有我非常不愿意说谎的时候，某次朋友请我去吃海鲜大餐，上了一桌的海蟹、鲍鱼、鸟贝、刺身，我激动得差点儿失禁，可惜我这人还是太腼腆，太好面子了，我颤抖着每样浅尝了一点儿，说出了人生中最不情愿的一句谎话：“我吃饱了。”

龙年

我的学长和菜头说，中国人的春节并不是从大年三十开始的，那一晚只是情绪的高点。而中国人本质上矜持内敛，所以需要一到两周时间酝酿。同样，它也不是在正月初七结束，那是国家的法令日期，正月十五才是民间的约定收心日。

学长的话相当文雅含蓄，换成是我这么俗的人，则会这么说，春节如同一次难得的夫妻生活，一向追求高质量的中国人需要很长时间的前奏和事后调情。如此一讲，就活色生香得多了。

我所在的城市，异乡人不比本地人少，所以气氛从很早就暧昧起来。尤其是每天下班，我一头扎进拥挤的车流，在暮霭里像蜗牛般前行时，便登时失魂落魄，神情恍惚，仿佛一只流离的丧家犬。我想我跟那些背负行囊在每个车站落寞地寻觅归途的人没有区别，都有一把叫“乡愁”的刀在心上凄厉地切割。呵，这是个多么脆弱的季节！

我一度以为我已然忘了故乡。十年来我已经适应和爱上了南京这座城市，事业也小有所成，安了家、结了婚，并且有了孩子。然而最近一段时间，乡愁却无法阻挡，悄悄与白发一起滋生。我有时在江南故乡的清晨懒懒醒转，常有岁月凝固的错觉。柔软的阳光洒到床前，记忆眨眼间便能回到年少，流转的那些前事，仿佛只是做了一个时光久远的梦。

故乡就是这么一个神奇的梦境，无论你失意、得意，它总是在时光和现实的背后等你、勾引你。

我有理由恨我故乡的人。多年前我来宁求学，正是父亲事业顶峰时。于是便有人散布谣言，以中伤我来攻击我的父亲。谣言历经数年，内容亦在口耳相传下不断更新。先是指我在校斗殴，被开除学籍，再是指我夜宿双妓。我听到的最后一个版本，则是说我已经灰头土脸地逃往境外，无颜回国。

当年我回家乡，除了家人，几乎人人都在偷偷瞟我，然后私下议论，仿佛看见了一条大淫虫。年轻的我也异常愤怒，发誓定要奋发图强，衣锦还乡。不过今时今日，我早已释然。时光已然悄悄地辨别了真伪，还我以清白。我仔细想了想，我已有二十年没有与人斗架，十五年没有与外人争吵。另外，一直以来，我与性工作者的距离，比“表叔”与清廉的距离还要远。

有恨的人，便有爱的人，便有感恩的人，这是故乡最绕不开的情怀。对于梁羽生来说，他要感恩的是当年劝他逃亡的老乡。而对于我来说，要感恩的是我的父母，这几年，他们越发苍老、越发憔悴。我也有了自己的孩子，更加明白父母的爱有多么无私。为人子女最凄凉的是，当你懂得要报恩时，上天给你报恩的时间已然不多。

这个雨天，我忧伤地决定，今年回家，我要在每个午后，为他们泡一杯浓茶，陪他们聊聊一年来的心情，回忆回忆逝去的往事。

鬼说

农历七月是中国的鬼月，而七月十五是鬼节。中国人历来敬重祖先、敬重鬼神，所以这一天照例是要祭祖烧纸钱的。钱这个东西真是好，到了阴间也是硬通货。老话说，有钱能使鬼推磨，话虽如此，但我不太明白为什么不让小鬼干别的，可能推磨是阴间一项娱乐活动，类似钢管舞或者胸口碎大石什么的。我从小到大见过不同版本的纸钱，起初面值只有上万的，如今动辄几亿、几十亿，可见在苍茫的大时代里，阴间的CPI指数其实也不容乐观。

据说整个鬼月都是孤魂野鬼们来阳间旅游的黄金小长假，而鬼节那天更是旅游高峰，鬼门大开，不知道黄泉路的交通会不会因此瘫痪，也不知道阎王爷有没有实行单双号限行，更不知道鬼门关是不是免收过路费。总之，七月十五当天是很容易见鬼的，所以有许多禁忌。我便在那天给一些身边的朋友发了短信，关切地提醒他们入夜以后，千万不要轻易外出，因为他们长得实在太丑，容易吓到走夜路的旅人。除此之外，女子也不宜在当天深夜独自在洗手间里照镜子，否则你会恐怖地发现，镜子里有一张自己卸过妆的脸。

传说中鬼并非千篇一律、长相雷同，按照往生时的状态，有不同的分类和名称。譬如淹死的往往便成为水鬼，若是怨气太重，还会在水里拽人大腿，寻求替身。《太平广记》里则记载，被老虎咬死的人会成为“伥”，专门勾引活人去重蹈他的覆辙，这便是成语“为虎作伥”的出处。

当然鬼也不总是害人吓人，我猜测胆小鬼便是见人就躲的。小气鬼和酒鬼应该也没什么威慑力。而最可怜的据说是上吊而死的男子，因为“吊死”和“屌丝”谐音，若是他们在阴间认识了心仪的女鬼，一开口自我介绍：“你好，我是吊死……”只怕话没说完，女鬼便呵呵一笑，幽幽飘走了。

鬼这东西，有人信，就有人不信，而且均无法说服对方。不信的人说从来没见过，信的人就反问没见过就代表不存在吗？其实从举证的义务来讲，不存在是无法证明的，所以必须由那些信的人来找出确实有鬼的证据，但目前已存的材料，要不是伪造的，便是没有什么说服力的。

我属于不信的那一类。记得我爷爷生前便很关爱我，经常语重心长地教育我不要找颧骨高的女子。自他过世后，每逢清明或忌日，全家纸钱、供食一样不少快递给他，不可谓不殷勤、不周到。可是直到现在，他都没有托梦告诉我们随便哪一期双色球的号码，足见我爷爷确是化作一抔黄土了，而不是一缕神出鬼没的幽魂。我虽然不信鬼，但总爱看怪力乱神的小说，尤其喜欢女鬼深夜勾搭穷秀才的桥段。好歹我也做了这么多年的穷书生，却连半个这样投怀送抱软玉温香的女色鬼都没有遇上。我的绝望，想必你也能想象。

七夕传说

公元2013年8月12日，是我与我家娘子持证上岗五周年的大好日子。此时是晚上九点，正值良宵，于情于理我应该和她出门花前月下，胡吃海喝。可是实际情况是，我正枯坐灯下，如怨妇一般默然地面对稿纸发愁。因为明天上午便是专栏截稿之时，为了能换得五斗米的稿费，我踌躇半天，还是毫无气节地折了腰。

让浪漫暂时见鬼去吧，我安慰自己好在第二天便是七夕，可以弥补遗憾。

七夕是传统佳节，是传说中一对著名的痴男怨女的相会之期。该痴男有个很香艳的名字，叫牛郎。他将于当夜趁着月黑风高，踩上一座用鸟搭建的桥。而此时，他的相好织女小姐，正流着眼泪在桥中央翘首等待。据说从地球上便可以目睹这一场干柴烈火的盛会。但我从小看到现在，每次眼睛都瞪疼了也没看出什么。

故事的后来，牛郎织女还是分开了，原因众说纷纭，有传说是王母干的，还有人说是织女自己离开的，因为牛郎一直买不起市中心的房子。像我这么理性的人，当然不会相信这些无稽之谈。我比较相信我的朋友剑神葡萄。他说，牛郎星在天鹰座，织女星在天琴座，两人之所以分开，是因为星座不合。嗯，这么一解释，就科学合理了许多。

牛郎织女的传说比较粗略，缺乏必要的细节。比如两人一年一度的相会有多长时间，会做些什么就不得而知了。据我猜测，很可能是这样的：牛郎挑着一对儿女踏上鹊桥，一家人团圆，喜极而泣。寒暄过后，儿子从小书包里掏出作业本，给织女朗读获奖作文《我的妈妈》，感动得织女涕泪齐流，激动之下一头栽倒。这边厢刚清醒，那边厢女儿又从书包里掏出本学期“三好学生”的奖状，巨大的幸福和悲伤交织，母亲脑袋一歪，又不省人事。等织女再次幽幽醒转，天色已是发白，牛郎忍不住暗啐：“这两个小兔崽子！”然后在晓光中挑着他们匆匆离开。

其实过去七夕也叫“乞巧节”，女子是用比赛心灵手巧，来吸引如意郎君的。如今的女子不再需要会女红，甚至不必会洗衣做饭。所以七夕变得与妇女节、洋情人节无异了，类似的节日一多，意义便寥寥。这一天和其他节日一样，大约是所有女子与商家的丰收季。因为他们均会大有收获，商家有成倍的金银进账，女子则或收获一颗闪亮的石头，或收获成捆芳香四溢的植物花朵。根据物质守恒定律，则普天下男士必有亏损。写到此处，想到明天，我摸了摸干瘪的钱囊，顿时黯然失色。

大梦般的诗和情

十四年前6月的某一天，我脸上带着一丝忧伤在教室里，抓住每一个从我身边走过的女同学，和她们大谈高考之前的离别情绪，直到她们眼眶发红，我便借机抓起她们的红酥小手，陪着她们在暖风熏人的夏日一起垂泪。

就在我耍流氓耍得兴奋之时，忽觉背上一凛，冷汗涔涔，回身一瞧，眼前赫然浮起一张满是褶子的老脸，正是我校著名才子教师老胡。老胡猥琐地笑了两声，拍拍我的肩膀，说道："跟我来。"我跟在他后面，心情忐忑得像落入流氓之手的纯情少女。

老胡将我带进空无一人的办公室，打开抽屉，拿出一本书来，柔声对我说："小戴你快毕业了，今后未必能再见，这本书且赠你留念。"1999年的夏天上演了一幕依依惜别剧。十四年后，昨夜我从书柜里抽出这本名叫《诗人哲学家》的书来，翻开扉页，上面的题字依然清晰："九天鲲鹏，碧海长鲸。老胡赠。"我心头一紧，眼里差点儿流出液体来。老胡是我最敬重的恩师之一，当年他对我寄望甚高，可我逐渐在流年里消磨了斗志和理想，除了交过一个哲学系的女友，既没有当上哲学家，也没有当成诗人。

我当不成诗人，是因为写诗的人都有特殊的气质，或者脆弱，或者热情，或者抑郁，或者神经，但无一例外都很敏感。我二十岁之前也很敏感，喜欢读诗写诗，十六岁毕业那年拿了不少小诗与女生一一话别。所以我得承认，诗其实是个好东西，对于情窦初开的文艺少女，杀伤力不亚于九十九朵玫瑰。当年我们班的女生读完我的诗后，再看我的眼神，仿佛花痴一般，着实令人受用。而且写诗要经济许多，上厕所的工夫就能憋出一首，还不用担心质量，可以称其为“朦胧诗”，反正对方也未必能读懂。

其实以诗表情古已有之，最初的诗无非是口头的歌，《诗经》里的国风就如同现今的山歌一般，内容也多是郎情妾意，怀春思人。再往后历朝文人墨客，都有拿酸溜溜的情诗送给表妹、心上人和青楼艺伎的范例。最出名的当属柳永，据说他填的情意绵绵的词和相赠的姑娘，连起来可以绕地球七圈。所以说穿了，当年迷倒同班女生的我也不过是站在了这些前辈巨人的肩膀上。

但是若拿诗当万能的利器，怕是要吃亏的。成年女性除开部分文艺女青年外，多半是不吃这一套的。我时常在《非诚勿扰》里看到老大不小了还爱好文学、喜爱作诗的男子，这种人很容易分辨，一言以蔽之，即是气质相当不正常。往往他们还要在节目上朗诵自己的得意作品，还没等他们读完，女嘉宾的灯早已残酷地熄灭殆尽。

诗在现实社会里的地位便是如此。最近热映的电影《致我们终将逝去的青春》里，有位男青年张开也喜欢写诗赠人，结局我们都知道了，毕业多年后大家都发达了，连曾经最普通的陈孝正都混成了著名建筑设计师，唯有热爱文学的小张依然一贫如洗、寂寞如风。我看到此幕，仿佛看到过去的自己，和那些写过的诗、爱过的女子。那一瞬间，诗人、诗情、爱人、爱情，都像是在逝去的青春里做了一场无关痛痒的大梦。

旅行的意义

“身体和灵魂，总要有一个在路上。”这说的是文艺青年要么是在旅行，要么就是在读书，让思想远航。总之“文青”离了旅行，就像鱼离了水，植物离了阳光，陈老师离了相机，铁定是活不下去的。照此标准，我有一度也算是让人忧伤的文艺男一枚，那段时间里我在玩《魔兽世界》，老是被怪物杀死，所以你看我的电脑屏幕，身体和灵魂总有一个在路上跑，身体跑是为了去打怪物，灵魂跑则是为了去捡尸。

除此之外，我是懒得去任何地方旅行的。有人总结了“人一生一定要去的五十个地方”，说来惭愧，其中提到的地方，包括梵蒂冈、巴黎、威尼斯、马尔代夫，甚至连最近的香港我都没有去过。当然我也曾经飞去世界各地，只是我去的城市都是：雷霆崖、幽暗城、奥格瑞玛、铁炉堡和暴风城等，说起来也要好几十个金币飞一次呢。

综上所述，我其实是个无聊透顶的宅男。也难怪我家娘子时常埋怨，说我毫无情趣。她就极爱旅行，时常趁周末就思忖着要到周边的城市去走走，长假更是不肯放过。迫于她的淫威，我只能屈服，每次都像个跟屁虫一样在后面提包兼摄像。时间一长我便发现，我家娘子其实不是爱旅行，她只是爱把自己摆到不同的风景里拍照，以便臭美。

拍照大概是所有旅行者必做的事情之一，“女文青”尤甚。也是，若连个照片都不拍，将来怎么在朋友面前证明自己来过此处？怎么证明自己的身体和灵魂曾经在这片土地上进行过田径赛呢？不同的是，普通旅行者拍完照多数就罢了，“女文青”是一定要精挑细选美化上传，再配以忧伤明媚不知所云的文字。最吊诡的是，她们的配图文大多逃不开“一个人旅行”的主题，所以那些颇为专业的照片不知道是谁帮她们拍的。我在夜里看到这类图文，总觉得文艺少女会瞬间变身为灵异少女，忍不住直打哆嗦。

在摄像技术尚未问世之前，旅行者想要记录旅行的意义，就只能依托文字。许多年前，有个叫玄奘的和尚一路向西，旅行的意义都暗藏在他后来翻译的佛经里。再往后又有个叫徐霞客的人，终其一生游山玩水，留下了一部记载翔实的游记。西方有位马可·波罗，也是四方游历，甚至到过遥远的中国为元朝服务，但现在有些学者对他的游记持怀疑态度。

旅行也许就像个万花筒，每个人看到的意义都不一样。在我有限的远足里，最销魂的一次是和前同事一起去塞班岛。那里蓝天碧海，空气干净得令人发指。身在塞班，仿佛身处天堂。所以我的那班同事一个个都寻求到了旅行的真意，有的没日没夜地泡在免税店里刷卡购买奢侈品，有的整天在酒店的泳池或沙滩上搭讪穿比基尼的异国姑娘。而彼时，好吃懒做的我，正在一只只黄金烤乳猪的迷魂阵里流连忘返。

致青春

各省高校的录取分数线最近陆续公布了，两个月后，又将有一批毛头小子怀揣着各种梦想，踏入某座或熟悉或陌生的城市校园，开始一段奇妙的青春。

周末恰好在南京出差，十四年前我也是在夏天到了江北那座荒凉的校区，开始大学生活的。如今的南京处处在实行基础建设工程，机器轰鸣，尘土飞扬，梧桐也被人伐了不少，少了几分当年的静默。我就读的校区也搬去了仙林，旧址成了金陵学院。我开着车在这座旧识的城市里晃荡，不免有些恍惚。红灯时，我照照镜子，里面的人也不再是容貌清秀、眼神迷茫的少年。十四年，红尘变幻，物是人非。我仔细地回忆着自己的大学生涯，仿佛也没什么值得记述的。

时光久远，我都忘了当年报到时是哪位学长接待的我，只记得浦苑的大平台人山人海，新生都在充满期待地寻找自己的院系，如同寻找一份幸福的归宿，而老生则热情地接待着学弟学妹，更热情地接待着漂亮的学弟学妹。这样的“迎新”一年一次，去年还略显稚嫩的青涩师弟，一年后便成了在人群里熟练搜寻美女的师兄。我当年就是其中之一，可惜造化弄人，几次迎新接到的都是五大三粗的糙汉子，这可能跟我读理工科也有关系。众所周知，在这样的专业里，遇到漂亮师妹的概率，比走在路上被雷劈都小。

本系的资源少，只能把毒手伸向同乡。但凡热衷于搞同乡会的师兄，几乎都有把妹的嫌疑。新来的师妹孤身在陌生的城市里，寂寞又缺乏安全感，突然听到师兄一口乡音，多么亲切啊！再聊几句家乡的人和事，立马距离拉近了不少。殊不知师兄正是想借此机会乘虚而入，把老乡发展成相好。当年我们同乡会上，就有人如此成功地骗取了无知师妹的欢心，简直丧心病狂，完全没把我这个同乡会的组织者放在眼里。

凡认真走过，必留痕迹。凡认真追过，也必有奇迹。在大学校园里，郎才女貌，令人欣羡的佳侣时常都有，而各种不搭调的组合也并不少见。我见过一米九多熊一样的男生，牵着一米五的女友在夕阳下散步；也见过清纯可人的系花，与邋遢砢碜的男友亲嘴，简直令人哀其不幸，怒其不争。相比踏入社会以后，这段时期里，逆袭的可能性要大得多。爱情是大学生涯里的主旋律，可能人人都期待在最美的年华里去爱和被爱，所以造成了一定程度上的宁滥勿缺。

大学爱情鲜有完美结局的，但过程美丽同样重要。爱情也是我大学时期的一条暗线，在如梦一样的几年里，爱过一些人，伤过一些人，不过最后也错身而过了。十四年后，当年的悲欢离合，都在时光里发酵成了青春的纪念。

周末南京的阳光异常好，透过车窗刺得我睁不开眼，如同当年那些美好的阳光灿烂的日子。我突然很想回浦口的旧校区看看，不为曾经爱过的人，只为自己挥霍在校园里那段爱过的青春。

别看广告，看疗效

坐在时光两岸

年纪一大，我就喜欢坐在时光两岸看风景，最近看到的是一张熟悉的老脸，快二十年不见了，电视里看上去还和以前差不多，一样丑。现在的后生仔应该不认识这个叫文章的歌手了，如今的小姑娘只会对着马伊琍的老公犯花痴。想当年他还是有些名声的。那个年代歌星也少，不像现在，一夜能出来好几个。文章首唱了《故乡的云》和《三百六十五里路》，可惜这两支歌都红在翻唱的人手里，只能怪时乖运蹇。后来他便一直半红不红，徘徊在二三线，直至销声匿迹。

年过半百复出，多半是为了谋生，可知世事艰难。但细数那些觍着老脸重新爬上舞台的明星，复出后的光芒多半寥寥，甚至惨淡。不知他们在曲终人散后是否会感慨，原来时光才是最犀利的杀手，它能轻易把正太变成肥男、萝莉变成少妇，把柳下惠变成西门庆，把当红的炸子鸡变成明日黄花。

我们坐在时光的两岸，似乎一切都在悄然改变。

从南京回到故乡这一年半，参加了好几次同学聚会。头一次看到隔别多年的旧友，差点儿惊呆了。当年无论俊丑，起码个个身材苗条，只是在光阴里打了个滚，已然都像气球般臃肿。偷偷看一眼那些曾经水灵灵的女生，也都粉尘遮面，颜色憔悴，简直不忍卒视。我顿时失了和她们叙叙旧情的兴趣。抹完眼泪，我黯然掏出手机，在席间扮起羞涩来。

其实我自己也好不到哪儿去，暌违多年的长辈见着我，几乎都认不出来，直至我自我介绍后，方做恍然大悟状直摇头：“唉，小时候长得挺清秀，现在完全变样了嘛。”言下之意我已然被岁月磨砺成了一个粗糙的猥琐男。“呵呵，是啊。”我嘴里笑着附和，心里已然恨不得要和这位长辈断绝关系。

也有人一起坐在时光两岸，看着看着便互相厌倦的。我的朋友基本都已三十开外，成家已久。其中有几对已经草草收场，互换终身伴侣了。计较谁对谁错，谁曾经说过永远，谁最后先说再见，都没什么意义，总之，都没能敌得过平淡流年。不过越是看多了这样的故事，我倒越是对依旧相守的那些人心怀敬意。时光总是匆匆，改变总是匆匆，我已接受了风霜，也接受了无常。但我还是希望余生能和爱的人坐在时光两岸，变成一道一起衰老的风景。

不是怕死，而是贪生

地球人去年（2012 年）的末日情绪异常浓厚。其实 1999 年年底世纪之交时也曾有过末日传言，但既不像玛雅人那般言之凿凿，也未有好事者拍成胶片极尽渲染，故一夜醒来，便如春梦了无痕般忘却于脑后了。然而去年 12 月之前，却人人自危，尤其是眼见着一幕幕天灾接二连三地从电影情节变成人间惨剧。

后来的事实证明，地球的末日并不在 2012 年，但人的生命短暂，大限说不准就在眼前。我大学的一位恩师，平时精力充沛，极为健谈，突然有天被查出得了肝癌，仿佛一夜之间便形销骨立，沉默寡言，数月之后便撒手人寰。我的舅外公，前年年底还和我在麻将桌上鏖战，一胡牌便骄傲地抱胸，气势夺人，谁知没过多久忽然便不行了，我远在南京，连最后一面都未见到。也不知在天堂里，他有没有找到自己的麻将搭子。

我也害怕末日，害怕大限。不是怕死，而是贪生。

我想绝大多数人亦是如此，纵使你日日哭爹喊娘说自己活得有多累，但真到大难临头时，多半仍舍不得人间的欢爱、温情与名利。十几年前我曾没心没肺地想，在年华老去前，我一定要选择自我了结。

及至看到父母在岁月里白发渐生，娇妻在缘分中如花绽放，还有幼子也像一个天使般快乐成长，我无法再轻言结束生命，反而更加珍惜在尘世的每一秒钟，尽量让家人快乐，让自己坦然。

讨论末日便有一个问题：如果生命只剩最后五分钟，你会做什么？男人千万别对自己女友说，我要跟你OOXX。这是有前车之鉴的。某刻薄女便回她男友说，那剩下四分钟呢？所以为避免尴尬，你不如玩玩浪漫，拥着她，一起背背千年前那对男女的誓言，一起看看雷阵雨流星雨什么的。而我，如果生命只有五分钟了，可能会选择去上班，因为坐在办公室里，我会感觉度日如年。

双城记

最近频繁奔波于宜兴和南京——我命里的两个故乡。上周末再一次去宁，是因为卖掉的房子的新主人要拿房产证了，需要原户主过去签字。我驱车一路向西，暮色从背后渐渐升起，我有些恍惚。这一年多来，我辞职卖房，不断割断与南京的联系。这趟去签完字，那里便不再有任何属于我的物事了。这座城市，十几年来从异乡变为家乡，如今又要变回异乡。

越靠近秦淮河，时光流淌得越发缓慢。我十七岁时初访金陵，第一站也是这里。几十年前，有位朱姓文人游过此景后，写了篇比秦淮水还要艳丽的文字，我读罢便情根深种。只不过我见到秦淮河时，情景已大异。几百年的岁月，早将过往艳史与六朝金粉一一涤净。雕栏玉砌，青丝红颜，都已不在，只有那碧幽幽的水还在时间里流淌。

车开到新街口，我指着一处广场问身边的妻子，还记得那里吗？她笑笑不说话。她当然记得，那年我追她时她犹豫不决，于是我趁去宁国旅游的机会，在寺庙里求了张姻缘签，回来便在这个广场给她看。也是今天一样的月色，她也是今天一样的笑脸。广场对面还有家肯德基，那时我是没情调的穷小子，常常请她光顾那里，她也不嫌弃，两个人在里面吃得满嘴都是油，吃完酸水直冒的我还在纸巾上写了不少情话。

爱上一座城，多半是与耗费在这里的青春和发生在这里的美好回忆有关。我从十九岁到三十二岁，最鲜衣怒马的记忆都在这里，每一个转角，每一处街景都有不少故事，一下子全抛在几百公里以外，当然不舍。我还记得寓居在大纱帽巷时每天清晨的鸟鸣；我还记得北京西路上参天的梧桐；我还记得和妻子在白马公园拍照，天气晴好，她穿着一袭白色婚纱，在阳光下明媚得像个天使。

十年一弹指，人生百年事。我在南京的十三年里改变了许多，从学生毕业成为工作者，从销售做到HR再做到媒体企划，又从单身变为丈夫，从儿子进化成老子，外形则从清秀日渐变成猥琐和沧桑，胡子从唇上爬到了下巴。这座城市见证了时光在我身上的魔力，我也见证了这座城的风景变幻。十三年前，龙江还荒凉得像个农村，火车站则破旧得像个废墟，国父离开了新街口又回来，一座座新楼竖立，一片片老房被拆。我们像一对默契的伴侣，只是相伴从不多言，就在今夜终要告别了，我又突然不知道该说些什么好。我只能放慢车速，让这个告别仪式尽量能进行得更久一些。

明天我就只有一个故乡了，那也是美丽的江南城市。其实这一年来我已经开始适应，只是有时清晨醒转，恍惚间会以为照到我身上的是金陵的阳光，我怔怔地开始刷牙洗脸，怔怔地回想一些旧事，总是一不小心就被牙膏呛得直闪泪花。

所幸城际高铁就在近日开通了，从我现在身处的城市到南京只需半个小时，这使得我在双城生活的愿望有了可能性。也就是说，哪怕下班后前往，依然赶得上看金陵的华灯初上，依然赶得上吃一顿鸭血粉丝汤。鸭血粉丝汤里有零星的鸭肠和鸭肝，我过去打趣给这碗汤起了个别名，叫“肝肠寸断”，现在想想与南京的告别，还真是贴切。

“妻管严”

叶问虽然有李小龙这名举世闻名的弟子作招牌，但真正火起来却是因为几年前甄子丹所主演的同名电影。在那部爱国主义动作片里，叶问面对盛气凌人的小鬼子，霸气地吼道：“我要打十个！”简直令人热血沸腾。我有时也会吼：“我要打十个。”但都是对着楼下做灌饼的老板说，让他帮我打十个鸡蛋而已。所以威武不屈、打起架来拳拳到肉的叶问便成了阳刚的代表以及我崇拜的偶像。

但是我觉得这部电影里塑造的叶问也有个小小缺陷，就是对老婆言听计从，似乎有点儿唯唯诺诺。比如武师到家中百般挑衅，他忍气吞声，察言观色，却还是要等夫人发话才敢接受比武。虽然他辩解说：“这个世界上没有怕老婆的男人，只有尊重老婆的男人。”但是实际上这就是大家眼里的“妻管严”。我们甚至可以用这句话到朋友圈中做测试，但凡你讲出此句名言后，大加赞赏点头称是的男士，定然是家中养了一头母老虎的。

据说社会最初形成时是母系的，不知当时的公猿和母猿究竟谁发号施令，不过可以料想大约是如此场景：一个洞穴内，母猿怀中的小猿嗷嗷待哺，饿得号啕大哭，只见母猿杏眼圆睁，哇哇一通大叫，于是几名男猿悻悻地提着石头和木棍出洞采摘野果和狩猎去了。

到父系氏族社会，男人便翻了天了，毕竟论武力，女人终究不是对手。好不容易能作威作福，男人便制定了一系列复仇的压迫制度，剥削了女性几千年。即便是在如此大好局面下，仍然有不少男同胞不珍惜既得利益，拱手将大权相让。《河东狮吼》里的陈季常便是最经典的案例，据野史说他一天不被妻子柳氏打骂便不爽，堪称史上最早的受虐狂。而清人所编的《笑林广记》中惧内笑话比比皆是，可见在“妻管严”的道路上，陈季常并不孤单。

到了民国时，文化界人士吴虞为女性振臂高呼“男女平等”，旧有的天地格局为之一震，短短百年后，女性那半边天又大有压倒男性这半边的趋势了。

比如李连杰虽然功夫了得，但他坦言：“我的钱全部都由老婆保管。”李安纵然拿了奥斯卡大奖，也不得不承认：“家里事全部都由老婆说了算。”而漫画家朱德庸说：“男人的最高境界就是要做‘贱好男人’，一切以老婆为上，当牛做马，万死不辞。”说起来的确慷慨，但我细细琢磨，总觉得背后藏着一部无法言说的血泪史。

我身边的朋友也有“妻管严”患者，且不在少数。最直观的证据便是在外边胡吹乱侃，大显男子气概时，忽然手机显示夫人来电，那时你看他，脸色大变，冷汗频下，用颤抖的双手接通电话时，回话的音量已由豪气干云变为低声下气，一口一个“是是是”，仿佛当年的翻译官见了日本太君。

“妻管严”男子的症状普遍还有：经济大权由夫人掌管，每月只能领分内的零花钱；芝麻绿豆的事都要向夫人汇报；家中的家务全包；等等。本来我还想多说一些，忽然一想，今天的衣服还没洗，地板尚未拖呢。那啥，众看官还是稍等片刻吧。

恨早与恨晚

某个春风沉醉的夜晚，我与一名死党紧紧相依，面带红潮，眼波流转，扭动四肢，春情洋溢，同时嘴里还情不自禁地发出各种叫声。在我们四周，则挤满了神情相似、放浪形骸的痴男怨女。若不是我们均衣冠楚楚，没有坦诚相对，你一定以为自己走进了某个少儿不宜的派对现场。

实际情况是，我们只不过是在附和着赵传——舞台中央那个中年的秃顶歌手，在一首又一首古老的歌曲里，追忆各自逝去的年华而已。再坚硬的人一旦陷入回忆的旋涡，也容易变得敏感脆弱。于是紫色的夜雾里，死党衬着高亢的背景音乐，悠然问我："有没有哪一首歌，你一唱便会想起某个人？"我说有，我一唱《十八摸》便想起韦小宝。死党知道我在开玩笑，轻轻一笑，又沉浸到忧伤的歌声里去了。

其实我何尝不知道他是想起了某个旧时女子呢。能触动人情怀的，有时不只是一首歌，也许一个日子、一本书、一句话，都能轻易把你扯进过往，然后或心酸、或遗憾、或怅然、或悲凉，总之难以抵挡。谁的生命里不是充满了相逢恨早或是恨晚的故事呢。

我读过一本记载民国人物的闲书，多是些感情逸事，林林总总，纷繁复杂，一言以蔽之，无非是“恨晚”两字。鲁迅有发妻，见到许广平，恨晚了；徐志摩见到林徽因，也恨晚了，不惜与张幼仪结束七年的婚姻，及至与林徽因无果，认识了陆小曼，又恨晚了。所以徐悲鸿在送给他的画作《猫》中题字揶揄说：“志摩多所恋爱，今乃及猫……”其实这真是五十步笑一百步，我这位画家老乡的风流韵事一点儿不比诗人少。所以恨晚虽是婚姻制度下的平常事，我总疑心它也会成为风流的好托词。

我家娘子也担心我，所以经常在夜里残忍逼供：“相公，若是以后你遇上比我好的女子，你会动心吗？”我若是GEEK男如Sheldon者，必会告知其，根据宇宙间万物发展的不确定性，也许会。则我当夜必然要抱个枕头独自去客厅睡。所以我总是一本正经地一手抓住她的皓腕，一手堵住她的红唇严肃道：“我不许你这么说！遇到你已经是最幸运的事了，我到哪里去找更好的人呢？”她瞬间展颜，不再追问。我才得以留在温暖的被窝。

我也懒得拷问自己，世事的确变迁无常，我家娘子的确有不足，但也有我极爱的优点。将来也许会遇上在那些不足处远胜于她的女子，但那女子同样也会有远不如她的缺点。我知这世上没有完美的恋人，我也知要珍惜眼前人，或许这样可以避免恨晚的遭遇吧。

作为一名烂熟的男子，恨早的故事我其实也有，在尘缘里错过的女子也要扳过去好几个指头了，同样不想去多提。是时间的错也好，是人的错也好。过往毕竟是过往，说能完全忘记并不现实，当页书签收藏更好，偶尔牵动些怀旧的酸甜苦辣，如同细口细口地品酒，自有一番滋味。若是整日沉醉于此，未免耽搁了现世的幸福，于眼前人又不公了，不是吗？

谁是你最后的软肋

知乎是个兼容并包的开放式问答网站，有人正经地提问，也有人插科打诨，而回答者亦风格迥异，科普的、文艺的、恶搞的，正应了当初三种青年的分类。最近有人提问：“爱上一个人是什么感觉？”这个问题烂俗的程度已经可以直逼国产言情剧了，但下面紧跟着的一条文艺解答起到了化腐朽为神奇的效果，它是这么说的：爱上一个人的感觉，就好像突然有了软肋，同时又有了铠甲。

这么感性的解释，让我这个老男人的铁石心肠都跟着柔软了一下。旋即我想起了曹操，当年他身披铠甲，在月光下对着一盘鸡肋长吁短叹、直流口水，不知是否也是爱上了某员猛将。

爱能给人力量和勇气，但辩证法也告诉我们，世间万物皆为“双刃剑”，愈是爱某人某事，反而愈是容易为之所掣，使其成为软肋。所以情到深处，往往又容易患得患失得像个弱者。你看那些老套的电视剧，恶人要挟好人，总是以至亲之人、至爱之物作为筹码。即便是段正淳这样处处留情的老流氓，当情人一个个被慕容复捏在手里时，也同样痛不欲生。攻人软肋是所有绑匪的工作原理，不懂这一点是要吃亏的。有笑话说，某贼绑架了一恶妇，电话勒索其老公，称若不交钱则要撕票，老公听完眼泪都流出来了，边哭边哀求：“大哥，你可要说到做到啊！”

我也时常用这一招对付儿子，每当他不肯吃饭时，我总是残忍地夺走他手里的玩具，威逼道：“想要玩吗？吃完饭再说。”而我家娘子更是狡猾，她知我偶尔喜欢和朋友小聚，总是抓住机会诱我：“想出去？行，先把家中衣物洗了。”可见我俩均极具做歹徒的潜质。

爱父母之人，父母即是软肋。我见过不少人，你可以骂他，但一涉及长辈，立马变色动怒。爱子女之人，子女便是软肋，夸他小孩聪明漂亮，顿时笑逐颜开。同理，贪恋财色之人，金钱美女即是软肋。而像我这般爱好广泛的，则浑身都是软肋，无论你是拿几本书，还是手执两只煮熟的母蟹，只消在我眼前晃晃，我立马就能流着涎水跟你走。

不过“兵无常势，水无常形”，其实人这一生最难的是保持不变，所以我们总是从沉迷一件事逐渐过渡到沉迷另一件事。最希望永恒的无非是爱情和婚姻，但在诡谲的俗世里，也越来越禁不住风云变幻了。仔细想想，能守住最初爱人的相当少见。倒不是人善变，只是生活里总有许多因素，争执、平淡、流年、误会，在不经意间便消耗了你的热情、透支了你的忍耐、击穿了你的铠甲、磨硬了你的软肋。我的某个死党就是在两年前结束了短命的婚姻，时光还很漫长，不知哪个女子会是他最后的软肋，也不知经历过磨损后，他心里是否还有最柔软的地方让人停留。

花开不易

半个月前我去参加初中时最好的哥们儿的婚礼，新娘是小我们两届的师妹。他们两人十八年前就楼上楼下眉来眼去，毕业后却各奔东西，恋情从未真正开始。我的哥们儿在流年里与别的女子成了亲，又离婚。小师妹则不知出于什么原因一直单身。几年前，命运诡谲地把两人从两座不同的城市又拉到一起，一把熄灭的干柴烈火就此复燃。

时光已然把我的哥们儿和新娘雕琢得多了些倦态，看着两人执手走上红毯，我也不禁感慨：“一对新夫妻，两台老机器啊。”

一段迟了十八年的姻缘能重新开始，不得不说颇有几分玄妙。我小时候老爱看各种奇人奇事的夸张报道。譬如张老三失踪十年后出现却容貌不变，又譬如李老头死了后邻村的王老太如鬼上身般性情大变。及至成年后我知道那些都是无稽之谈。世上最神秘的事情，是两个人如何悄然无声地走进彼此心里。

一场恋情的开始说易不易。谁都说不出什么才是相爱的充分必要条件。两个人哪怕天天腻在一起，日久也未必能生情。有句很流行的话是这么说的：前世五百次回眸，才换来今生的擦肩而过。可见要让彼此相爱，可能需要上辈子有个相当健康的脖子。照此说，这辈子的大龄单身男女，估计前世都是严重的颈椎病患者。我每每想及此处，总是悲伤难抑。因为常在电脑前久坐，我的肩颈老是酸痛，路上遇到美女也不能潇洒地别过头去深情回眸，看来下辈子我注定是要命犯天煞孤星了。

一场恋情的开始说难也不难。感觉对了，一秒钟的对视都能缔结姻缘。世间还有种生物叫情种，他们的特点是一年四季春常在，人间处处有花开，走到哪里，爱的种子便撒到哪里。这些人的爱情仿佛天生有催化剂，来得特别容易。有理由相信，他们前世一定经常锻炼颈椎。金庸大师的表哥便是著名情种，他的情花甚至开到了英国，还开进了人家夫妻的家里。估计金大师是不齿他的作为的，所以才把这位表哥徐志摩的笔名“云中鹤”安在了《天龙八部》里的淫贼身上。

我与我家娘子的开始也颇为奇妙。那年我是单位主管，要招聘一名助理，前来面试者云集。但是只有她坐到我对面时，一问三不知，只知道傻笑。后来她屈服于我的淫威下嫁于我后，透露说：“当时只看了我一眼，便觉得和我之间必然会有故事。”她时常在春风沉醉的夜里言之凿凿地回忆此事，得意得就像一个占卜应验的巫婆。

我们总是对恋情的开始不吝赞赏，仿佛看到一朵花于世绽放。然而煞风景的是，并非所有的花都能经得起风吹雨打。与未明其因的开始相比，感情的结束虽然谈不上有具体的临界点，但起码遵循了量变到质变的规律，多半是生活矛盾积累所致。一对情侣走到一起是因为相爱，分开却总是因为相处。不久前，某对明星夫妻闹离婚，曾经一起秀恩爱的金童玉女，如今恶语相向，互相指责生活里的缺点，直斥对方是个十恶不赦的烂人，令人跌破了好几副眼镜。类似的事情并不少见，再回首几年前就成陌路的另一对金童玉女，不免又是一番唏嘘。

看多了开始和结束，便知情路也无常，但是份子钱却还是要照常给。在我哥们儿的婚礼上，我心疼地从口袋掏出红包，泪流满面地在上面写了几个大字：花开不易，愿君惜取。

“老牛衔嫩草”

我家娘子与我成亲时刚满二十周岁，而我已是二十八的熟男。每当周围人得知这一事实时，总是以异样的目光扫视我，仿佛在看一个犯了重罪的老流氓。旋而他们又纷纷发出啧啧的赞叹声，好像我又占了什么天大的便宜。转变之快，令我实在猜不透在他们心里，此事究竟是好是坏。

民间习惯把这类结合称之为“老牛吃嫩草”。但显然并未统一认识，究竟相差几岁以上才称得上“老嫩配”。有人开玩笑说成功人士的标准是：老婆至少要比自己小二十岁。照此条件，我离成功人士还有着不小的硬件差距。还有人称，相比女子，男人才最专一，因为不管是鲜衣怒马的青年，还是须发皆白的老朽，似乎总爱二十岁的妙龄美女。我估摸着，或许这也是导致老夫少妻增多的一大主因。

然而“老牛衔嫩草”，虽惹人妒，实际多不被看好。

首先，如果说三岁一代沟，那牛与草之间起码隔着条鸿沟。我有个60后的同事，某天拿着一张字条来找我，说能不能给他解释一下。我定睛一看，字条上写着数十个网络流行词语：奇葩、逆袭、屌丝、节操……我愣了半天不知该如何开口。在我的语境里可以意会的，对他则如同天书。可以想象，许多嫩草对着自家那头老牛一口一个“神马、直男、狗血、吐槽”，其实无异于对牛弹琴。

其次，视野里可见的老夫少妻，大部分皆非原配。当然，不能断定就不是真爱，也不能因此就认为他们不幸福。但婚姻有时如同手机，不是原装的，拿 60 年产的电池配 80 年产的屏幕，总会让人怀疑哪里有问题。

从生物学角度来看，老夫少妻也不是最佳选择。当你渐渐在岁月面前无力抬头，她却依然如狼似虎，恨不得生吞活剥了你。许多悲剧便在此时酿成。曾经有位八十岁老翁迎娶二十八岁少女，不久少女便珠胎暗结。老翁悄悄问医生:“这可是我种下的善果？”医生半晌答道:“不如我给你讲个故事。从前有人拿着雨伞忽遇猛虎，慌乱间抬伞便射，猛虎应声倒地。却是为何？” 老翁不假思索道:“那许是别人干的。”医生笑言：“没错，我也是这样想的。”

说了半天，全然忘了是在自黑，毕竟我家也有嫩妻一枚。所幸我与她年龄差距不大，又是原配。其实少夫少妻也好，老夫少妻也罢，有爱都能白首同心，无爱同样寸步难行。既在尘世里衔了这朵娇艳的花，就当勤加照料，百般呵护，当好一头尽职的老牛。

“白蛇传”

某日我闲坐家中，百无聊赖地在网上翻看，忽然一个帖子跃入视野，几个闪烁的关键词差点儿亮瞎双眼：人兽、束缚、多P、宗教……我匆忙拉上窗帘，调低电脑音量，用颤抖的右手点开视频，正四处寻觅纸巾时，前奏音乐悠然响起：千年等一回，我无悔啊啊啊啊……我顿时唏嘘得泪流满面，为何这世上总是有那么多欺世盗名之徒呢？

实在找不出比白素贞更适合代言蛇年的了。作为重播次数堪比《还珠格格》的假期神剧，今年（2013），《新白娘子传奇》势必会被搬出更多次，该剧头号反派法海老和尚也躺着中枪，势必会面临新一轮老幼观众的口诛和腹诽。神曲歌唱家龚琳娜在年前就已率先垂范，为同仇敌忾者拟好了讨伐口号，在她的新作中如此唱道：法海你不懂爱，雷峰塔会掉下来。虽未明言，但我揣摩言下之意，大概是最好雷峰塔掉下来能顺便砸死这个作恶的老秃驴，所以我总觉得这歌词的歹毒程度已经直逼扎小人。

文艺作品里的和尚对于人间情爱总是两极化，要么像流氓，要么像太监。他们的相同之处是都不讨喜，所以《水浒传》里的淫僧裴如海被宰了；而法海虽在小说里得了道，在民间男女的心里却不知道被咒死了多少回。他的罪行正如龚大师所言：法海你不懂爱。不懂爱就算了，你可以修你的佛参你的禅，为何偏生要狗拿耗子，往恩爱夫妻间横插一脚，害得夫妻分居、骨肉分离、闺蜜分别，生生折腾出一幕幕人间悲剧，不骂你骂谁！

现实是苦难、不完美的，人对于情爱总是带着美好的期许。“劝合不劝分”是人之常情。在如此的民间基础上，棒打鸳鸯简直是大逆不道。因此法海成了众矢之的，《牛郎织女》里的王母、《孔雀东南飞》里的婆婆也成了不懂爱的典型。

其实换个角度想，我们未必比这几个人们眼里的恶人更懂爱。王母不就像是我们的父母吗？她之所以拒绝牛郎，无非是因为门不当户不对，一个是天上女神，一个是人间凡人，在一起的或然率本来就很低了，别看此刻恩爱，时间一长未必不会矛盾激化，感情淡去，甚而形同陌路。

同理，法海也如同许仙的家长，他反对的亦是身份差异：人蛇殊途。《白蛇传》如若换成琼瑶写，就是这样的：许仙是一个“高富帅”，有才有貌有产业，可惜爱上了非主流女孩白素贞，一来二去搞大了人家的肚子。法海作为男主的母亲、剧中的恶婆婆，坚决反对二人结合，私下约女主角见面，提出给女主角钱以补偿，甚至可以赠送一套房子（雷峰塔），条件则是从此不许再纠缠男主。女主当然严词拒绝，婆婆不依不饶，百般刁难。男主刚开始被蒙在鼓里，逐渐拨云见日、真相大白。最后当然还是尽释前嫌、团圆美满、皆大欢喜。

由此可见，王母和法海，以及我们的父母未必真不懂爱，也许只是以过来人的经验，希望我们爱得更好、走得更顺。不过男欢女爱之事，总是不太愿意被人干涉，更何况是以粗暴的手段。诚愿世间所有的家长，既懂自己的爱，也试着去相信下一代的爱。

善待爱情，远离硝烟

我大学时有许多挚友，其中有一个可以评上“世界要酷先生”，经典pose是一手插裤兜，一手捋发，然后做一无比深情的甩头。喔，最是那一甩头的温柔，恰似一朵狗尾巴花被人拔去的忧愁。他凭此深情款款的造型，在大二那年，成功勾得刚入学的师妹一名。从此，晚上便不见踪影。有一夜突然面如土色地跑回来，在我面前黯然流泪。一问才知，跟佳人吵架了，他一怒之下，用平时捋发的手狠狠地扇了对方一耳光，也一下子扇走了他短命的爱情。这么多年过去了，不知穿过黑发的他的咸猪手，又在喧嚣的俗世里，伤了多少佳丽。

其实我听闻的暴力案例，不只这一件。许多年前，我与另一挚友在南京老虎桥合租一房。某天深夜，熟睡中忽然被窸窸窣窣的动静惊醒，疑心有贼。起身就着月光一看，发现那好友正蹲在角落，一下一下卖力地洗着女友的内衣，但他脸上木然的表情，如幽魂、如弃妇，实在令人难以忘怀。一问之下，原来是得罪佳人，略施小惩。但是私底下，我深以为这类午夜行刑，应该也算家庭暴力的一种。

暴力是感情与婚姻世界里，绕不开又伤不起的一个话题。

杰出青年周杰伦早在20世纪就写过脍炙人口的一首歌：《爸我

回来了》。虽然歌词是编造的，但词中对母亲的惨痛遭遇和父亲丑陋的行为进行了深刻的揭露和批判。时隔不久，另一位撞人后坦承自己“很小孩子气”的“杰青”胡彦斌，也深情地在原创作品里唱道：一堆男人下了班不回去，十几个人坐在 KTV……

从“周杰青”的文艺作品到“胡杰青”的作品，体现了家庭暴力随时代特征演变的过程。过去多是男人施暴，现在却是眼见着河东狮的数量与日俱增了。且女性的暴力手段，据说更是花样百出。最常见的当然是遇见不平一声吼，如果不见效，必然就是该出手时就出手。母老虎一发作，家中大小物什均是杀人灭口之必备武器，尤其是厨房，杀伤力丝毫不亚于一座军火库。美国就有一名男子，婚后饱受悍妻百般凌辱。真是是可忍孰不可忍，于是铤而走险，持枪闯入银行，既不蒙面，亦不射人，只是坐等警察前来抓捕，当真是悲壮得一塌糊涂。在他眼里，充斥暴力的洞房，已然不如牢房。

除此之外，与时俱进的还有冷暴力，与兵器的进化规律恰恰相反。对家里那个死鬼或者冷眼相对，不理不睬；或者经济封锁，断其粮草。虽不见血，却也致命。感情这东西，说来坚韧，其实脆弱，无论什么样的暴力手段，总归会留下无法弥补的伤痕。于人于己，于情于家，都无一丝益处。

所以要想彻底解决家庭暴力，看来只能要么棋逢对手，要么如周瑜和黄盖，一个愿打一个愿挨。如果你不是受虐狂，你的配偶又恰好不是虐待狂，还是善待爱情、远离硝烟的好。

骗子那些事

我上小学的时候，有次在回家的途中，目睹了一场拳王争霸。

两位二十来岁的小伙子因自行车相撞，引发口角，互不相让，用各种方式表示衷心希望和对方的女性亲属进行零距离接触，于是引来了一群不明真相的路人围观。继而胖的那位开始推搡，而瘦弱男却光动嘴不动手，出奇地隐忍，直到忍无可忍，方从嘴里恶狠狠吐出一句："你再逼我，别怪我使家传绝学无敌鸳鸯腿！"

年幼的我挤在围观人群里，忽然眼前一亮。如你所知，这个年纪的小男孩，总是幻想能结识一位武林高手，他看上我的资质，然后传授给我绝学。可想而知我当时的心情有多激动。

事情后来是这样发展的：胖男小宇宙爆发，天马流星拳逐渐加速，直接升级成暴揍。疑似武林高手的瘦弱男一招未出便倒地不支，只剩他的鸳鸯腿还在抽搐。

人群逐渐散去，那天我快快地走在夕阳下，想到这辈子认识的第一个高手竟然是个吹牛的骗子，顿时觉得无比悲观绝望。

长大后我认识了更多假冒的高手和大师。比如20世纪90年代，有人宣称发明了一种液体，往一桶清水里面滴上几滴，清水立马能变汽油，堪称神奇。可惜后来报道说他也是个骗子，为此我眼睛都哭红了，因为我一直在期待这位老兄继续科研，再接再厉，发明滴两滴就能把一元变一百元的液体。

前些年李一道长号称能驾驭220伏电压，还利用电流断症治癌，结果证实是为了骗财。据说他常年使用一个破旧不堪的手机，有人建议其更换，他却神秘一笑不置可否，后来发现正因为此，信徒才会常常赠送他高档手机。

哪怕披着信仰和神秘的外衣，骗子的手段仍然拙劣，奇怪的是高端的骗子往往有许多受众，甚至不乏政界要人、商界巨子和当红明星。

其实骗子的信徒未必是真信，也未必是真笨。赵高指着鹿说是马的时候，那些点头的百官智商一定不差，所以相信骗子有时是种明哲保身的选择。道士和嘉靖说要写青词，斋醮时相当于给上天发短信，严嵩未必就真信这些牛鼻子，但他一句话不说，夜以继日地写，因此深得嘉靖宠信。可见相信骗子有时是因为能借此接近想接近的人。骗子的圈子里也有利益规则，如果你认为那些信徒都是蠢货，可能你自己才是更大的蠢货。

至于那些特异功能表演，就不知道真假了，反正他们的表演一会儿说用的是气，一会儿说用的是意念，没个准头。而且表演千篇一律，总是转移物体，总是空盆来物，让他们演个胸口碎大石就死都不肯，一点儿都不多才多艺。就算一定要空盆取物，能不能别老是取毒蛇猛兽吓人呢。如果有幸见着，十分希望大师们的灵魂能受累，跑远一点儿，娶个波多野结衣回来给我们看看。

胡须的故事

有些时候，人选择宅在家不是因为害怕社交，而是出门便需要梳妆打扮自己，走完一套流程很是麻烦。譬如工作日，每天天未亮，我家娘子便要摸黑起床，仿佛古时候要去挑水做饭的贤妻良母。当然实际上如你所知，她是捯饬自己的脸去了，用手蘸了各种粉啊蜜啊霜啊乳啊，“啪啪啪”地往面门上打。这套自虐的程序每日都需历时半个小时以上，有时还要更久。

我清洁自己的流程虽然要比她简单，不需涂脂抹粉，但却天生多出一个选项：剃须。其实不刮也无碍，只是我生来娃娃脸，却长着一副连鬓胡，很是违和。而且我的胡子长势喜人，今天剃得光溜溜，第二日醒来便又满面荏苒，真是剃刀刮不尽，晨风吹又生。为了掩盖我已年过而立的事实，继续在粉丝面前扮小白脸装嫩，我只能不厌其烦地日复一刮。

胡须的生命力极强，若是它执意要长，再厚的面皮也挡不住，且完全不需营养滋润。你若是三天不吃不喝不睡，你愈是憔悴，它在你脸上反而愈显茁壮。我有不少朋友，人至中年，头上日显稀疏，发量堪忧，下巴和唇上却依然葱葱郁郁，两相对比，令人唏嘘。

我对自己的胡须是不具好感的，因为在我的生活里，它没有丝毫的实际作用。小时候看科普故事说，猫要用胡子丈量鼠洞的尺寸，可惜我并不怎么爱吃老鼠。还有人说，胡子是区别男女的标志，只是这些年来，我见过不少白净无须的男人，也见过不少唇上长毛的女汉子，所以知道要辨别雌雄，胡须长短和胸部大小一样，都是做不了准的。更何况我们的祖先穴居山洞浑身毛茸茸时，胡须体毛傻傻分不清楚，也未见有闹出什么弄错公母的风化事件来。男人若是自有气魄，不需用胡须来证明。若髭须状如张飞，举止言行却是个娘炮，反而不伦不类。

胡须在古代的作用要比现代大得多，可以明志。在传统风俗里，如男子父亲已殁，便要蓄起上唇的胡须，如母亲也亡故，便要蓄起下巴上的胡须。只是不知那些天生白净无须的人该当如何。有时一把胡子还能影响仕途。康有为曾因为乔装入京而剃须。后张勋复辟，他满心欢喜求当首席内阁大学士，瑾太妃却说，本朝从未有过没胡子的宰相。可见满洲人也信奉“嘴上无毛办事不牢”的相面原理。而如关二哥这样的，蓄须则是为了装饰风度。关二哥爱须如痴，还为其配备了须囊，如同我们今天喜欢为手机套一个手机壳，都是为了保护其不受伤害。

胡须的其他功能基本都已失传，唯有美化功能遗传至今。我偶尔看美剧，男主角经常留有胡碴，帅气里平添几分沧桑，多少花痴女青年为之迷倒。在此我奉劝男青年切勿轻易效仿，因为好看的男子蓄须才叫沧桑，若是你其貌不扬，蓄须则只能称为邋遢。切记！切记！

当然若说胡须在现代一丝好处都无，也是不客观的。据科学调查表明，它能够吸附空气中的有害物质。如今 PM2.5 数值居高不下，你若是某日忘戴口罩出门，记得尽量往那些大胡子身边靠。昏黄的雾霾里，游走的他们仿佛是一台台活动的空气过滤机，免费吸毒气，利国利民，值得褒奖。

游戏人生

有段时间迷恋一款叫《英雄联盟》的对战游戏，十个人分别操控一名英雄，分成两组对战。由于英雄的属性不同，特点也不同。其中血厚防高的俗称“肉”。所以每每一进游戏的选英雄阶段，仿佛进了餐馆，总有人在问：“肉呢？有肉吗？肉在哪儿？”

我当初沉迷这款游戏时，常常双眼血红鏖战至深夜。以前常听说通宵打游戏对身体有伤害，初时还不信，后来才发现果真如此。因为我每次只要打游戏超过两点不睡，媳妇就会一耳光扇来，伤害我本已虚弱的娇躯。

游戏之于男人，仿佛购物之于女人。女人总爱约上几个闺蜜出街shopping，男人总爱叫上狐朋狗友一起组队副本；女人能在购物广场逛上一整天看各种衣服和高跟鞋，男人也能在游戏商店连着搜索几小时各种武器铠甲和技能书；女人能在“双十一”零点苦等秒杀，男人也能在新区开放时守点冲级；女人能为买到一个漂亮包包兴奋大叫，男人也能为打出一件极品武器直呼过瘾。

所以男女倒也不必互相苛责，游戏如购物一般，本身都是平淡生活里的调味剂，只消有度，便是正当兴趣；若是无度，则建议像戒淘宝的女人般自发毒咒：再上我就剁手。沉迷游戏的人我亦见过不少。还记得大学时有一哥们儿，人称伟哥。9月开学时扎入网吧便不见人影，真是时光如水，岁月如梭，等他再次从昏暗的网吧出来踏足人间时，树上的叶子已然悉数掉光，而伟哥依然身着夏天的T恤，脚上穿着凉拖。他缩着脖子用痴呆的眼神看向路人，恍若隔世。

游戏说起来虚幻，其实倒也与人生颇有雷同之处。譬如上学，便与游戏神似。

游戏里人物有级别，读书时人也有。开始都要从一年级读起，每日积累经验。家庭作业便是游戏中的日常任务，若认真做，经验便长得快，不做自然要落后于人。而考试则如同下副本，考卷上每一道题都像是游戏里的一个怪，前面的选择题和判断题均是小怪，有时侥幸也能战胜，而每张卷子后总有几道大题难题，和游戏中的boss一般难以应付，令人头疼。于是实力弱的同学自然会在进考试副本前遍寻大神组队：“兄弟，带带我好不啦？”

读书和游戏一样，只消愿意花钱，待遇也能与常人有异。去年有条新闻，家长为了孩子在学校不受欺负，干脆买下幼儿园。为了孩子在服务器里排行第一，干脆把游戏都代理下来，堪称为天下最牛的人民币玩家。

游戏中还有各种地图，怪物的级别也都不同。在我的学生生涯记忆里，黄冈这张地图的怪物总是最变态的，挑战难度亦最大。我当年虽然成绩够硬，不慎也会挺尸于彼。如今我已久不在江湖，也不知现在的学生又在哪些地图上厮杀和战死。

友谊

网络流行语“我和我的小伙伴们都惊呆了”并非是无源之水，据我考证，是有历史渊源的。《木兰辞》曰：“开我东阁门，坐我西阁床。脱我战时袍，著我旧时裳。当窗理云鬓，对镜帖花黄。出门看火伴，火伴皆惊惶。同行十二年，不知木兰是女郎。”最后一句形象地写出了这群小伙伴除了惊呆，还有一肚子的后悔。想必是后悔这么多年，竟然只是和木兰保持了纯洁的友谊关系。

最近翻看 2013 年春晚，还发现杨坤和张靓颖唱了一曲《一辈子的朋友》，我怀疑这是导演的精心安排，一举看破红尘，将男女之间的主题升华到同志般的友谊高度。这样和那些还在唱着靡靡之音、情欲横流的晚会相比，顿时高下立判。

当然，熟知我个性的读者都知道，以上的文字纯属扯淡。但扯淡里往往也有主旋律，也有世间相。比如从上面的描述中，我们就可以发现有个共同的哲学话题，即男女之间的友谊。

我现在已经成家了，我家娘子是不太允许我和异性有什么友谊的。所以我只能回想曾经，年轻时的我，常把友谊当成一块敲门砖。虽然男女间搭讪的方式有万千种，但我只会最常见最开门见山的，总是直截了当问：“可以交个朋友吗？”如你所知，但凡如此开口勾搭的姑娘，没有哪一个我是希望只做朋友的。

我的偶像王小波在《黄金时代》里也写过一个单身汉王二，看上了年轻漂亮的赤脚医生陈清扬，就老是借机会和陈医生聊友谊。不过他总是想着要把这个话题从形而上的高度上扯下来。虽然当时还未提出实践是检验真理的唯一标准这样的科学方法，但王二坚持认为友谊这样东西也是可以实践的，而具体的方法是他用了一个古朴含蓄的词汇：敦伦。我十六岁第一次读到这里，特意去翻了词典，然后顿时害羞地捂住了脸。所以后来我认为像我这样高谈友谊来接近异性的，都是和王二一样的臭流氓。

但不要以为谈友谊是万金油，往往你以此为进，别人就能以此为退。当你有天想要超越友谊，别人也只消一句“我一直把你当朋友”，便可以伤人于无形，拒人于千里。我常看 TVB 剧，发现无论男女，想要在纠缠不清的关系里金蝉脱壳，这招永远都是百试不爽。不由得令人感慨，最早发明这个理由的，一定是个懂得四两拨千斤的太极高手。

可能也会有人质问：“男女间就不能有纯友谊吗？”这个就和“今天中午我们吃什么呢”、“你为什么这样对我呢”、“老天为什么这么不公平呢”这些终极问题一样，是不存在标准答案的。在我看来，男女之间也许有纯友谊，但整天为“有没有”这个问题纠结而苦苦思索的，往往正是陷于一段暧昧单恋、想要超越友谊的人。

当然，对于那些尚处于单身状态的男女，我还是希望他们能以友谊之名，多结识些异性朋友。这就和买彩票一样，多下几注总是好的，毕竟在理论上，每个号码都有中奖的可能。

致我们终将失去的天才

前年有一部港剧甚是精彩，叫《原来爱上贼》，男主角是老戏骨刘松仁。实际上，让年过半百的老男人做主角是很有风险的。若安排个前凸后翘的妙龄女郎与他演感情戏，我担心老同志的心脏会受不了。若照顾老年人，不安排感情戏，则电视机前，无数个感性的女观众会受不了。导演无奈之下，只能请了个息影多年的师奶来出演女一号。

我看这部电视的时候常常以泪洗面，不是因为情节有多感人，而是因为这个师奶陈玉莲二十年前正是我迷恋的对象。当年她出演小龙女、王语嫣时，清雅脱俗，美丽不可方物，连发哥都为她要死要活。时隔多年，当她再次出现在我眼前，已然体态臃肿，容颜老去，不过是个食着人间烟火的普通主妇。我忧伤得肠子都要断了。英雄谢顶，美人迟暮，当真是人生两大憾事。

当然这世上还有更令人唏嘘的事，比如就在前几天，玉树临风的贝克汉姆宣布即将退役。他是足球界长得最帅的，帅哥界右腿最灵活的，这么多年，始终挥汗如雨地活跃在球场和女粉丝的梦里，就这么突然别去，自然是一大损失，至少球场上不会再有销魂的腿法。所幸迷人如他，光环不仅仅在于球技。哪怕退役后，相信面前的聚光灯也不见得会稀疏许多。相较而言，也是不久前告别的罗纳尔多就被媒体冷落了不少。

其实小贝和大罗都是我极爱的天才。1998年世界杯之前，我极其厌恶足球，我觉得这项运动既野蛮又无聊。然后罗纳尔多在那个夏天出现了，当时他的身材还很“曼妙”。我看着他一次次蹂躏对方的后卫，搞得比赛高潮迭起，于是我像个怀春少女一般，被他的强壮征服。能把敌对的人变成粉丝，这就是天才的力量。

我们怎能不感谢这样的天才。现实生活漫长而又痛苦，在不得不忍受刀锯般的凄厉时，幸而有这些人，给我们带来或视觉或听觉上的感官享受。天才之所以为天才，在于他们带给我们的享受是极致的、无与伦比的，从而让我们不断拥有更高层次的审美。当他们一一谢幕，你面对剩余的庸脂俗粉，多半会涌起曾经沧海难为水的伤感。

然而谢幕是必然趋势，天才也抵挡不住年华老去，只不过方式各有不同。退役尚算可以预见，有的甚至让你猝不及防。当年，迈克尔•杰克逊以一个诡异的方式突然辞别，就像许多年前张国荣在某酒店楼顶飘然坠落般决绝，等世人醒悟过来时，天才已然隔世。相比而言，我更中意花大虫罗德曼的方式，他曾坦言退役时要裸奔一场，多么可喜啊！当然，最令人发指的是他居然食言了。但无论如何谢幕，是生是死，终究是这个世界的损失。

吾生有涯，当我所熟识的天才一一离场，恐怕也说明了另一个可悲的事实，那就是我，也正在俗世里一点一点、一点一点颓然老去。

那些年我们做过的应用题

我们身为祖国的花朵，从小沐浴着阳光和雨露，在关怀和义务教育中长大，我们通过学习语文来提高情书、检讨以及个人总结的写作水平；我们通过学习数学来熟练地与菜贩讨价还价；我们通过学习物理来成功地在学校附近创办自行车维修企业；我们通过学习化学来走向一排排肥皂厂、酱油厂的车间……

我们在一张张考卷的锤炼中渐渐成长，最终成为祖国的栋梁。可惜许多人并不懂得感恩，甚至唾弃和谩骂那些试卷背后辛勤付出的出卷老师。他们并不知道，在那些辱骂的语言轻易出口时，心里早已欠下了一笔良心债。

试卷是容易出的吗？试卷仅仅是考察你的计算能力和记忆力吗？笔者带着这些疑问，采访了一位专注出卷三十年的数学老师。笔者的问题一出口，他早已双泪成行，忍不住对天吟道："满纸荒唐言，一把辛酸泪。都云作者痴，谁解其中味？"他说，被学生误解多年，早已习惯，只是凭着师德和责任坚持编题不辍。其实出题哪有那么容易，每一道数学题的背后，都隐藏着更多的深意。他希望通过这次机会，为过去、现在以及将来的学生们揭开那些应用题背后的现实。

一、今有鸡兔同笼，数头共有 35 个，数脚共有 94 只，请问这些鸡兔分别有多少只？

相信所有的学生都经历过经典的“鸡兔同笼”问题。因为这个题，出题老师的祖宗十八代里的直系、旁系亲属都被人问候了个遍。的确，这题貌似无理，有工夫数头和脚，为何不直接数鸡和兔？甚至有情感丰富的同学含泪斥责：“为何要强迫鸡和兔在一起！为什么不给它们分别购笼！”这些同学自以为有理，却忽视了一个事实：瞎子！这是个在社会主义市场经济中靠政府政策、白手致富的盲人老板啊！说到这里，我仿佛已经看到了这样一幅令人泪下的画面：一位双目失明的残疾人，经营着一家活禽店，他无法看见那些可爱的小兔子和小鸡仔，他只能凭手去感受，噢，一个头、两个头……然后双手向下，一只脚、两只脚……人与自然和谐的画面令人动容，身残志坚创业的故事令人鼓舞。想到这些，我实在不懂那些骄傲的学生有什么理由去批评出题老师。

二、幼儿园有一群小朋友，午饭过后，老师要把一包水果糖平均分给他们，如果每人分 7 颗，还少 12 颗，如果每人分 5 颗，则多出 16 颗。请问这些糖果一共有多少颗？

说来惭愧，笔者幼年做这题的时候，也曾心里暗自咒骂：为何不统计好人数，多买几颗好分得平均？时至今日才知道，题中另有深意。首先，虽然我国大部分地区已经基本实现了小康生活，但不可否认，在一些贫穷落后的山区，并不是你想多买几颗糖果就能买得起的。我有这种疑问，恰好暴露了我骄奢的态度和心理。每一位衣食无忧的孩子在面对这道题时，都应该想到那些需要帮助的同龄人，从而养成节约的良好生活习惯。其次，为何每人分 7 颗，会少 12 颗呢？会不会有人在购买糖果时挪用公款，中饱私囊呢？这也是在社会主义建设过程中不可忽略的问题。

三、甲和乙相距3000米，各自以6公里每小时的速度相向而行，见面后折返，回到起点再回头，请问两个小时之内他们能碰面几次？

相遇问题是不变的主题，可是相遇又能怎样，相遇不等于能相识，相识不等于能相爱，相爱不等于能相恋，相恋也不等于能结合……一道简单的应用题，一段复杂的世情和人际关系。这是笔者做过最悲伤的题，两人就那样面对面，一个向左走，一个向右走，在现世里无数次擦肩而过，却始终没有一句对白。感情的事是不能勉强的，感谢出题的老师，从小就告诉我们这样的道理：人生，充满了错过的故事。

起名的学问

我的名字虽然叫“波”，却无奇尺大乳，我父亲虽然是“波爸”，胸部规模也很一般。同理，叫“张帅”的不一定貌若潘安，叫“吕艳”的也不一定倾国倾城。几年前有位世界冠军白雪，听其名似乎纯美如小龙女，实际上短发干练，宛如男子。

所有人的名字几乎都寄寓了双亲的殷望和祝愿，但命途却难免坎坷，总会与父母的初衷有所出入。即便如此，许多人还是为孩子起名绞尽脑汁。时光往前推几年，我的某位死党便为此终日茶饭不思，眼眶深陷，消瘦得像个白粉仔。若不是他家娘子已然有孕在身，少不得有人会以为他是纵欲过度。

其实他的痛苦我感同身受。作为熟得快要烂掉的熟男，我们基本失去了“当李嘉诚，娶李嘉欣”这种快意人生的可能性。天可怜见，上苍在最黯淡的时候赐给我们后代，于是梦想得以在儿子身上延续。事实证明，一个任劳任怨不断进取的雄性良禽，背后不是有个彪悍的雌性猛兽，就是有个一败涂地的父亲。我和他两个人痛定思痛，忧伤地达成共识，要让后代从起跑线开始就一路领先。鉴于许多武侠小说的经典案例，起个好名字是关键。

一个好的名字，若讲究书卷气，可以化用诗词古籍，譬如茶圣陆羽，字鸿渐，是化于《易经》中的“鸿渐于陆，其羽可用为仪”。若讲究印象深刻，则可用图腾崇拜，务要如雷贯耳，就像李小龙，的确人如其名，龙行天下。

名字起得好，有时也如缘分一般，冥冥中有不少巧合。如成龙与林凤娇，自是龙凤呈祥。蒋中正与宋美龄，也曾上演“中美合作”。不过这些普通名字俱往矣，数推陈出新，与时俱进，还得看今朝。江西鹰潭有对夫妇，为儿子起名赵C，简直惊世骇俗，一跃而成为中国姓名史上排名前两位的吃洋螃蟹的英雄。该起名法好就好在不仅融合了中西方的文化，又极为简便，且有利长幼排序，我们有理由相信赵C在家中应该是排行老三。但是该法则推广到“牛家村”时需十分注意，如不同时推行计划生育，怕是会有许多牛B诞生。

除响亮之外，有时五行也是需考虑的因素。明朝自洪武帝以降，所有皇室子孙起名，均有一字偏旁带“金木水火土”。如建文帝朱允炆、成祖朱棣……现代科技发达，只消记起神器“百度”，立时能得知任何人五行当中有甚缺甚。如此起名则极为方便，但是需多认识几个字。有则笑话说某人生子，大师算到其命里缺水缺木，他思来想去，呜呼哀哉，带水带木的词汇只想到“淫棍”一个。

笔友时代

有人说，要有光，于是就有人走光。

有人还说，要有妞，于是有了QQ。

随着手机时代的到来，微信、陌陌等交友类软件在新世纪大行其道，而在这之前，QQ绝对是交友的最佳神器。基本有一规律，若要看某人心术端正与否，只消计算其QQ网友中同性与异性之比，便一目了然。

当然，从使用QQ的频率大约也可推测一个人的年龄。

当我看到某小朋友QQ里无数跳跃的女性头像，当我看到他“老婆”的分组里就有四名佳丽，我不得不服老。我回头看自己的小企鹅，里面除了我家娘子，只有寥寥几个从不在线的旧同事，顿时凄凉得说不出话来。

其实我也有我的时代，与我年龄相仿的中年人应该还记得，那些个用笔交友的岁月。

因为高中时在一些报刊发表过文字，之后要与我交笔友的信件便多如飞雪，且风格各异。有开门见山、直抒胸臆的；有婉转羞涩、欲语还休的；有寥寥数语、言简意赅的；也有洋洋洒洒数千字，从《还珠格格》一直谈到家门不幸的。虽风格迥异，但无一例外，皆是未成年少女。起初我读着相当兴奋，逐渐就感到失望，因为居然没有一个随信附上照片的。

我回复了其中一些人的信，都只是淡淡几句，薄薄一页，然后便断绝来往。世间女子，大多似过眼云烟，只是过客，既然不常见面，“一页情”也就够了。

唯独一个女孩，与她倒是鸿雁往来了许久。滑稽的是，她就在我楼下的班级，是我的学妹。曾与她一同去参加比赛，折服于她的才情，惊奇于她的身世，因此才交流甚密。她的成长，再次印证了那句话，文学离不开苦难的童年，她的造诣是有依据的。而我从小锦衣玉食，父母爱、老师疼，活脱脱就是个纨绔公子，所以说，我若有文学成就，定是没天理的。

不幸的是她看走了眼。当年的我还在写一些抑郁的文字，比如看到一潭死水就沉思半天，眼见一轮落日便涕泪横流。她据此说从我身上看到了李商隐、秦少游与纳兰性德的影子，吓得我从此便不敢回信，因为每每铺开信纸，要遣词造句时，仿佛总有三个形象在身后看我。如今一回忆此事，我就心生愧疚。不知她看到我现在的文字，会不会找到“兰陵笑笑生”的影子。

后来我与她都上了大学，同在南京，却断了音信，只匆匆见过一次，之后她还在电台为我点了歌，我也没听到，因此不知她是祝福我还是要控诉我。总之从那以后，就相忘于江湖了。凭她的敏感与才华，或许已经实现梦想。而我也在烦嚣的俗世里，忘了自己的初衷，偶尔写点儿庸俗的文字，算是对梦想的一种调侃。

别看广告，看疗效

我有一段时间非常厌恶看某卫视的电视剧，一共半小时的剧情，前后中间被插了无数段的广告，硬着头皮看完一集，仿佛看了一起残忍的碎尸案。我记得小时候，内地的电视台还并非如此，只有在两个不同的节目中间才有大段广告，而那时尚能收看的香港卫视中文台，倒是每集电视都要被切成三段以上。

后来我自己亦进了媒体圈，做过一段时间的广告策划，所以知道广告和节目的关系。

做得时间长了，我便发现，广告才是我们每天接收最多的信息。它已悄然进入我们的世界，铺天盖地地包围我们的感官。

手机里的APP，不光干着娱乐你的事，也顺带着为其他APP做做广告。公交车不光方便着你的出行，也顺带着为男科妇科整形医院做做广告。四周耸立的写字楼不光出入着蓝领白领，也顺带着要为新开的楼盘做做广告。打开电视，两个西装革履的男子在里面唾沫横飞："原价五千块，今天购买，只要九九八，只要九九八。"听听电台，一个普通话不标准的医生在里面老气横秋："你这个毛病呢，只要坚持服用我们的胶囊两个疗程，我保证你好她也好。"正在你沮丧时，电话响了，你兴奋地接通，一个小伙子用专业的声音问你：“先生，我可以耽误你一分钟时间吗？我们公司刚刚推出了一款投资保本的理财保险……”

多数人是不喜广告的，一则是不爱被推销，二则是广告内容往往都极其无趣。比如过去有某电视广告，画面是一只猎豹对美女穷追不舍，惊得美女花枝乱颤，眼看着就要被扑倒，上演一出人和动物的……谁知那禽兽戛然而止，从西门庆变身柳下惠，绅士地说道：“我要 ×× 糖浆。”看到这里，多少家长将捂住孩子双眼的手黯然放下，还有许多正准备购买的人突然陷入长思，这糖浆到底是治我的还是治动物的呢？ It’s a question。

广告有趣了当然更能吸引人，但若要考虑到市场效应，还需考虑文化的不同。曾有某国外汽车品牌在中国投放广告，为了接地气，特意采用了中国名著《西游记》的典故，让唐僧师徒四人放弃白龙马，神气地坐上了该款越野车。到这里一切都还正常，可惜策划最后配了这样一句广告词：×× 汽车，让您更快上西天。创意是好创意，可惜老外不知道在上西天这件事上，没有哪个中国人是愿意太快的。

广告的目的当然是促成购买。但赵本山老师有句经典广告词：别看广告，看疗效。这句话仿佛醒世恒言。只看广告便下单购买的不是蠢蛋便是有钱的蠢蛋，真正有生活经验的人多会选择看看实物。譬如你若是想吃方便面，千万别信电视画面里大块的牛肉和鲜虾，你大可以在别人吃时先带着放大镜找一找。再譬如你若是真要去整形医院，千万别信什么“沈殿霞进去，林青霞出来”的口号，你可以在医院附近先蹲点守候，看燕瘦环肥鱼贯而出。尤其是购买房产，更得实地观察，勿轻信广告。据曾做房产策划的前同事说，号称东方威尼斯的，多半只是小区里有个小水池；号称邻里亲近的，多半是楼间距拥挤不堪；号称紧邻中央商务区的，多半是旁边只有一家银行。广告人多擅吹嘘，即便小区周边什么都没有，不信你看，他们也敢说这是简约生活，闲适安逸呢。

人艰不拆

私房钱传说

最近某家银行开通了一项逆天的功能，名为“保底归集”，简单而言，就是老婆可以为老公的银行卡设置一个保底金额，譬如一百元，银行每日如管家婆一般例行检查卡内余款，就在你呼呼大睡之际，你的卡中超出一百元的部分已经如流水一般嗖嗖转移至老婆卡内，堪称凶残。据说该功能如炸弹一般，迅速在网上引爆热议。一夜之间银行客服电话被打爆。客户纷纷咨询两类问题。第一类是男性客户咨询的：“请问你们的理财师到底有没有人性？”第二类是女性客户咨询的：“请问我老公的保底金额能不能设置为零？”

此种现象揭露的悲哀事实是，天下财政大权，确已尽入妇人之手。而苦命的男人为活得自由，不得不在每月派发的零用钱外，悄悄贮下些私房钱。

不但中华如此，洋人大概也不例外。私房钱在英文里称之为“egg money”。但这个叫法总让我想起某个笑话。说一对夫妻结婚多年，某个深夜，妻子忐忑了许久，终于从床底下拿出一个盒子，里面是一大笔钞票，还有三个鸡蛋。她鼓足勇气对丈夫说：“奴家得向你坦白，这么多年来，我对我们的婚姻没有做到完全忠诚，每次出轨，都会往这个盒子里存个鸡蛋。”丈夫虽然气恼，但心想许多年只收获了三顶

LV 的帽子，勉强还能接受，于是问道：“那这些钱又作何解释？”妻子笑颜如花：“每当鸡蛋放不下，奴家便将其拿去换些钱。”

相较而言，另一个叫法“pin money”则是因为过去的妇女怕遗失，会把钱用别针（pin）扣在衣服上而得名。

这个名称至少能够说明两件事。一是过去的 pin money 拥有者为女性。而现在提到“私房钱”，三个字背后却似乎总站着个唯唯诺诺、谨小慎微的大老爷们儿。不知女权主义者看到此种变化，会不会心底暗暗生出一股豪气。

二是这笔钱随着历史的变迁，已经从台前到了幕后，从光明变为了隐私。当代文明社会的公德之一便是：不问女士青春几何；不问男士私房钱藏哪儿。对于无数省吃俭用、东拼西凑，终于省下一笔可观费用，又抓耳挠腮、绞尽脑汁想出一处地儿妥善收藏的男同胞来说，这是个性命攸关的问题。生命诚可贵，爱情价更高。私房钱没有，要命有一条。

但藏宝之处的选择，倒也真是个学问。比较笨而常见的办法，是藏在一些暂时不穿的衣服口袋中。但需知，女人对于衣物，不仅敏感程度远胜于你，平日接触的可能也大过你数百倍，所以，私房钱放口袋，无异于羊入虎口。同理，什么鞋盒子之类女性容易接触的地方都是危险场所。网上有高人曾言：“将私房钱另办存折存入，随手丢弃，毁尸灭迹，要用时再去补办领取。”的确能暗度陈仓，但也平添许多麻烦手续。还有存在死党家中的，我总觉得会伤及无辜。所以为安全方便计，还是得在自己窝里找，当然最好是些女人不常碰的地方。譬如电脑机箱里，除非你有个程序员女友，那算你倒霉，否则绝对是一个好的藏钱之所。

聪明的男人读到这里，定会熟记于心，然后鬼鬼祟祟地将文字销毁，不让另一半看到。而聪明的女人读到此处，也会熟记于心，下回如果你家那位一口咬定不买一体机，那回家就可以直接严刑逼供了。

身高

幸福的男人总是相似的，不幸的则各有各的不幸。不幸之一便是长不高。网络文学开山鼻祖痞子蔡早在他的代表作里便总结过：女孩子总是憧憬浪漫，而所有写给她们看的浪漫爱情小说，男主角的最大共同点便是高，而不是帅或多金。哪怕作者再颠覆，可以让男主长相普通、出身贫寒，但没有人敢让男主是个矮冬瓜。

可见在纷繁芜杂的线索里，身高才是人生幸福最大的拦路石，是受歧视的主因。说起来我也有满腹的辛酸。我七岁时比同龄人要矮半个头，小学报名时就被挡在了教室之外。同受此辱的还有乔丹，据说他初中时也是因为身高不合格，被校篮球队拒之门外。还好君子报仇十年不晚，他后来吊在单杠上，几年下来噌噌噌长高了几十公分，世界才因此没有损失一位会飞的运动员。而我当年来不及吊单杠，只能用户口本上的出生年月证明自己只是发育迟缓，而不是谎报年龄，才得以成功入学接受义务教育，令许多年后的世上少了位游手好闲的文盲，多了位写扯淡文章的流氓。

身高不足最悲惨的是难以掩盖，长相还可以靠整容、靠化妆、靠美图秀秀修饰，穷酸亦可靠借钱、靠扮阔、靠买假冒名牌暂时伪装，唯独矮人，靠道具调整的区间实在有限。更要命的是此消彼长，女子还总爱穿高跟鞋，动辄十几公分，本来只要求你比她高，现在必须要加上跟的高度，对于不算挺拔的男士，无异于雪上加霜。

这个世界自古对矮人充满恶意。远的如春秋时的晏子，楚王命人在墙上开了个狗洞给他钻；水浒里的武大郎，娘子和西门官人联袂为他编织绿冠。近的则如新晋导演郭敬明，我的段子手朋友们因他的身高激发灵感每年写的戏谑文字有七亿条，连起来可以在围着地球的香飘飘外面再绕两圈。

在个子上，我也不算高人。面对整个世界的嘲笑，为了增加自信和底气，熟记一些名言警句是必需的。譬如最经典的“浓缩的都是精华”，是常常要挂在嘴边的。甚至附会一些也没有关系，譬如牛顿说他之所以看得远，是因为站在了巨人的肩膀上。而那些人逆袭的成功案例，更是需要牢记在心，时刻用来鞭策激励自己。古有拿破仑，今有郭小四；远有小梅西，近有王祖蓝，他们纷纷在诠释着矮人也有黄金屋，矮人也有颜如玉，真不愧是我辈的励志偶像。

与爱情有染

上周六一起床，窗外春光明媚，我就冲动了一把，驾着车直奔杭州。目的地：西湖。两个多小时后，我像个不请自来的陌生人，一头闯入了西子姑娘的美梦。

其实这是我十二年里第四次见到她，她与往时无异，一样恬静、清澈。游人摩肩接踵，黑压压的一片，各种声音聒噪嘈杂，而她用如一的沉默静对，仿佛那些游客都只是历史里的尘埃。在鼎沸的人群里，唯有一种声音独特，能与她匹配，那是票友在岸边吟唱的越剧。不乏有功力深厚者，将百转柔肠演绎得入木三分，像是晴日里拂过杨柳和水面的轻风。

当然人再少些会更好，秦淮河适合夜色和灯影，西湖则适合细雨和纸伞，都需要避开太多的闲杂人等，只有这样才能看清她们和美好、和欢爱、和命运的关系。

西湖是一个与爱情有染的女子，站在她身边便能想起许多故事。如今的断桥已是重修的，但断桥之上那段相遇已扎根世人心里，不需要重修。我小时候看过的一本连环画，说白素贞本就是西湖中一条小蛇，一日某神仙化作凡人在断桥边卖汤圆，许仙前生还是个小童子，偷食汤圆被发现，仙人倒拎着他让他吐出，那一颗被安排好的仙汤圆就如此掉下了西湖，被白蛇吞食，想必修为大增的同时，一颗叫姻缘的种子也就此埋下了。许仙真是好福气，用至尊宝的话说就是上天安排的最大嘛！家有仙妻可是几辈子都修不来的福分。千年后的我也多次在断桥边逡巡，可是已然没有了仙人和蛇女的踪迹。

西湖边还有苏小小，这也是个在流年里追求爱情的女子，她就不如白素贞好运了。据说她自幼父母双亡，跟随姨妈后当了歌伎，才貌双绝，一时无两，每日前来以诗会友的富公子和穷文人络绎不绝。一日她乘油壁车出行，惊了一匹青骢马，马上是宰相之子阮郁。这故事放在偶像剧里，就相当于平民女青年的自行车撞了有钱公子的大奔，同时女青年也一头撞入了对方的心里，可惜有钱公子的老爸嫌弃她的出身，男主阮郁选择了退出。与偶像剧不同的是，苏小小十九岁便咯血而死了。她生在西湖边，葬在西湖边。想委身于爱情不得，只能委身于西泠桥畔的一墓、一碑、一亭间，如此，至少还能听到生前听过的清风流水，看到生前看过的湖上明月。

后来人也在西湖边演绎自己的故事，我坐在柳树下的石上，看面目不同的老少男女成双成对穿梭而过，有的执手，有的揽肩，有的相拥。不管是何时何世，爱情总驻扎在所有人心间，是每个人生命的主题。我忽然想起十年前来的那次，我的一位死党和他暗恋的女子，也曾如此看着湖水边谈边行。当年的他消瘦精神，对爱情充满期待。转眼十年过去了，湖水依然明净温柔，我的死党却在时光里翻滚得臃肿，那场在湖边期待的爱情也成了泡影，他终以他的咸猪手牵起了另一位女子。对于往事，也不知他究竟是遗憾还是庆幸。

我在离开的时候暗自想，秦淮河的水艳而不腻，或是六朝金粉所凝；那西湖的水如此恬静，可能恰是因为在岁月里见多了充满悲欢的爱情故事。

选美

20世纪90年代初的时候，有线电视刚推广，那时还能搜到一些频道，比如凤凰卫视中文台。资本主义管控下的香港果然很开放，老是在电视上搞一些选美活动，无数曼妙的中外女子为夺“亚姐”桂冠，披了两三块布就在镜头前“搔首弄姿”，羞得青春期的我连忙伸出五指挡住眼睛，以免遭到毒害。

这个频道不久便无法收看了，但1995年那期的选美却始终留在我的记忆里。那年有最上镜的小姐杨恭如，还有年届不惑的奇葩宫雪花，其他选手也差强人意。不像如今的“亚姐”选拔，感觉选手质量是每况愈下了，我奶奶去报名都能跻身前三强。

选美源于古代宫中，渐渐流传至民间，遂大热。可见审美不是少数人的特权，而是大众的需求。最无争议的选美结果大约要算我国古代的四大美女了。虽然几千年里各种款式的美人频出，但西施、王昭君、貂蝉、杨玉环四人能脱颖而出，群众基础应是加了不少分的。

这四位据说均有倾国倾城的容颜，民间对此有着传神的描画。譬如貂蝉，听说美得令月亮都羞得躲起来了，所以有“闭月”一称。古人就是科学常识不够，放在今天，我们定然知道那不过是月全食。另一位昭君也是美得惊人，传说其出塞时，天上的鸿雁纷纷往下掉，不过放在今天也不足为奇，我们都知道，那或许是染上禽流感了而已。

四大美女中，我偏爱西施。一来她是其中唯一的江南女子，又嫁给了吴王夫差，对于苏浙人民，算得上是国母级别的美女；二来传说越国灭吴后，她和大夫范蠡泛舟太湖，隐居在阳羡，也就是我的老家宜兴，所以也算得上半个老乡了。

近来还看到一幅油画，是某旅法女画家的大作，名曰《新四大美女图》，图上四名女子着旗袍，身材高挑、姿态袅娜，直欲走出画面来，甚是可人，但面目却不十分清晰。我流着口水瞪大眼睛仔细辨认，也只略略认出一个范冰冰。我又搜索了一下，才知另外三人分别是宋祖英、陈数和柳岩。

据该女画家称，这四位大美人代表了她眼中现代中国女性的“独立、含蓄、古典和性感之美”。但部分网友表达了不满，称都是来自娱乐圈，缺乏深度。在我看来，这没啥问题，选的是美女，又不是容器，不知要深度有什么用。不过人都说了选的是自己眼中的美女。所谓萝卜白菜，各有所爱。你爱你的知性美女，我爱我的波霸女神。再套用先贤罗素的一句话：参差多态、燕瘦环肥，方是世间一切美好的本源。

行为艺术

昨天在网上看到一段视频，长达十分钟的时间里，一名红裙中年妇女始终在熙攘的街头撒泼打滚，与围观群众纠缠，最后则干脆倒立，裙底风光一览无遗。必须承认，在观赏视频时我受到了很大惊吓，心里久久不能平静，直到看清标题是“行为艺术”，方才释然。该艺术家在表演过程中，屡次试图和围观群众互动，但往往她一靠近，人群立刻轰然作鸟兽散，场面很是凄凉。艺术家是披头散发了一点儿，表演也的确费解了一点儿，但人们也不至于跟躲女疯子一样，足见人民群众对行为艺术这门手艺还缺乏应有的鉴赏能力，对气质欠佳的艺术家也缺乏起码的尊重。

当然我也需要自我检讨，因为我据表演形式猜测，这位艺术家可能是想表达“精神病人的一天”，但是再看介绍，据说是要控诉专制对人的迫害，与我的猜想大相径庭。我不禁羞红了脸，可见其实我和普罗大众无异，都是艺术的门外汉。

虽然一窍不通，但是我对于行为艺术并不陌生。早在童年时，就在《巴巴爸爸》这部法国动画片中窥到了艺术殿堂的一角。该片中有个皮肤黝黑满身长毛的巴巴波，浑身都是艺术细菌，没事就爱玩各种立方主义、高度写实主义、超现实主义、表现主义和概念主义的绘画。

有一集里他心血来潮，用油彩涂满臀部在纸上乱抹，创作了一大批抽象派名画，堪称行为艺术的代表作。当年幼小的我很受激励，也想尝试，只是小伙伴们大哭着报告老师，只好作罢。如今我离艺术越来越远，这些可恶的小伙伴绝对难辞其咎。

用屁股作画这么经典的行为艺术创意，法国人其实并非原创。周星驰在《唐伯虎点秋香》里将身体作画发挥到了极致，除了臀部，将祝枝山的其他部位也开发无遗，全部融入创作，真是行为艺术的集大成者。我到今天都忘不了那一幅气吞天下的《雄鹰展翅气吞天下图》，那雄鹰嘴里叼的一截小虫，更是点睛之笔。

如今的行为艺术更是屡见不鲜，但形式就单调许多了。中外艺术家口味出奇统一，都好裸体这口。新闻里劈头盖脸，全是裸体吃饭、裸体上班、裸体出街、裸体运动，令风化警察伤透了脑筋。前段时间北京就屡屡上演星夜裸奔的好戏，令首都人民大为惊诧。这种行为艺术很清凉、很环保，但容易吓到祖国的花朵，还是不太值得提倡，否则街头迟早有天会挂出横幅，上写八个大字：艺术家出没，请注意。

梦的解析

人最奇特的能力之一便是做梦。大约正是因为做梦总是在睡眠中，无法保持头脑清醒，所以显得格外神秘。

梦境的内容也千奇百怪，有的美好到令人不忍醒转，有的恐怖到醒来依然后怕，更奇怪的是再刺激的梦，醒后也会几乎忘光，徒留唏嘘。另外在梦中说出的话最是莫测，不知其他人是怎样的，反正我至今听过的不同人的不同梦话，没有一句是能听懂的，更分辨不出是方言还是官话，是国语还是洋文。

但千万不要以为梦境只是些无用的空想。有人便从梦境中得到过灵感。一八几几年，那是一个春天，有一位化学家，在自己的梦里面，梦到一个圈。据说这个圈是一条蛇在吞食自己的尾巴，而做此梦的德国化学家凯库勒便由此悟出了苯环的分子结构。当然，也有人认为贪吃蛇游戏也是这么发明的。

还有人认为梦是对身体欲望的释放。在这方面我是有经验的，记得幼年时，某夜梦中忽觉腹中有奔腾的激流急需泄洪，可惜四处搜寻，怎么都找不到茅厕。正在急得跳脚时，我大舅如救星般出现，他将我领到他家屋后角落，笑道：“此地即可。”于是梦中的我如释重负，一江春水汩汩而出。内急时梦见找厕所，肚饿时梦见吃东西，梦境反映身体需求，大抵如是。

正因为梦境的离奇和不可测令人好奇，于是有了解梦。

最简单的解梦原理就一句话：梦都是反的。譬如有人问大师："我梦见女朋友把我甩了，然后没过几天和我最好的朋友在一起了。"大师淡定地回答："没关系，施主，梦都是反的。"那人正高兴时，只听大师缓缓说出真相，"也就是说，现实应该是先和你最好的朋友在一起，然后再把你甩了。"

更复杂的则有《周公解梦》，条条框框具体问题具体分析，很具实战性。我经常流着口水对照其中"主财"的梦境内容，可惜没有一条经历过，难怪一直清贫。最有意思的是其中有一项"梦见屎尿污身"是可以发财的，不知是不是"走狗屎运"的原因。

曾经还看过一个解梦的民间故事：某秀才赶考时，在旅店里做了三个梦，一是墙上种菜，二是雨天戴斗笠还打伞，三是跟心爱的表妹脱光了背靠背躺一起。算命的说："墙上种菜是白费劲，戴斗笠打伞是多此一举，光身体背靠背明显没戏。"而店老板却解释道："墙上种菜是高种（中），戴斗笠打伞是有备无患，跟表妹脱光背靠背躺床上说明要翻身了啊！"秀才听了很高兴，后果然中举。这个结局太烂俗，要给我写，就会变成：秀才听了很高兴，于是不去考试回家找表妹去了。

庄子在《齐物论》中说："且有大觉，而后知此其大梦也。"意思是只有醒了，方能知道前事是梦。然而是梦是醒、半梦半醒并不容易分辨。所以我也时常有所怀疑，我总是觉得也许这么多年自己都不过是在梦境中而已，那些悲欢、那些人情，都是短暂的虚象。或许某天阳光洒到床前，我睁眼一看，时光仍停留在十几年前，自己也仍是个十几岁无忧无虑的小厮，青春美好，大梦初醒。

买书记

在这个浮躁的时代，在这个浅薄的时代，在这个利欲熏心的时代，还有什么能比读书更让人沉静、更让人富有精神内涵的呢？坐在星巴克里，我推了推眼镜，看了看周围无知的人群，忍不住轻叹一声，像我读过这么多书、浑身散发着知识分子气息的人应该很少了吧，呵呵，可是那又怎样，我还不是要和这些浅陋的人呼吸一样的空气。这真让人心疼，我忧伤地合上了手中的《故事会》，起身离开。

我要去书店买书，尽管我已经买了很多了，但是经不住别人借。买过的书就像喜欢过的人一样，总有一些落入朋友之手。

我喜欢在书店的感觉，我喜欢站在高深的人文类书柜面前肆意地挑选，闭上眼感受扑面而来的艺术感，然后优雅地拿下一本《知音》，在四周人群投来的欣羡和佩服的目光中轻声朗读。

从星巴克出来穿过一条马路，便到了最大的书店。啊，这是专门为我而准备的知识海洋。

一进门，抬头便是一条横幅，上面写着劝导世人经常读书的标语：月月书，月月舒服。

进门右手边，则是一根很大的立柱，上面贴出了本月十大畅销书排行榜。这样的好书，当然都是我所读过的。我站在立柱下，读出书名，并轻易地背出了每本书的作者：

《假如给我三天光明》，作者柯镇恶；《神曲》，作者龚琳娜；《傲慢与偏见》，作者孔庆东；《小逻辑》，作者郭敬明；《骆驼祥子》，作者刘罗锅；《葵花宝典》，作者白展堂；《金锁记》，作者范冰冰。

当我把所有的作者背完后，明显能听到旁人不断传来的啧啧赞叹声。

当然，不能只是展示我渊博的知识，却忘了此行的目的。我想了一下，决定去买些历史书。

我找到了站在电梯口的服务员，是个小姑娘，胖乎乎的，我希望她能告诉我历史书在哪层楼哪个位置。

我："请问，你是书店的服务员吗？我想找《成汤》。"

她："《盛汤》在美食书籍柜。"

我："那《西周》呢？"

她："《稀粥》也在美食柜啊。"

我："有《大秦》吗？"

她："对不起，我们不卖琴。"

我："那有《大汉》吗？"

她："我们这儿只有小姑娘，没大汉。"

我："《大魏》总有了吧？"

她："大卫啊，大卫在雕塑柜台呢。"

我："《晋书》呢？"

她：“呵呵，禁书怎么可能卖呢。”

我：“最后再问一个，《宋书》呢？”

她：“呵呵，一本不买，还想送，做梦。”

跟她对话完，我备受打击。想不到一个小小的营业员也有如此犀利的“气质”和“渊博”的学识。我有些脸红，仓皇而逃，走时随手买了一本书，叫《拖延症患者日记》，在回家路上还没拆开看，但总觉得好像哪里不对劲。

1999战纪

1999年，地球面临外星生命入侵的大灾难，战况异常惨烈。战争结束后，联合国选择抹去部分人的记忆来弥补创伤。如果你年满二十岁却不记得此事，说明你被清除了记忆。希望我以下的记述能帮助你回想往事。

我简直不愿去回忆当时的惨状。那些来自沙-250星球的侵略者，在我们的家园里横行，肆无忌惮地屠杀我的同胞。

他们自认为拥有宇宙最高端的智能，所以叫嚣着要清洗所有低智商的生命，以此为借口肆虐了整个银河系。

他们拥有一套特殊的生理机能，当面对其他生命体时，他们会通过问一个问题来测评你的智商，如果答不出，必死无疑。当然，对于自身智能的自负也使他们有着致命的缺点。只要你能成功回答他们的问题，你可以马上反问一题。如果他们回答不出，则会因羞辱而引爆体内的自杀装置。

只不过，要想顺利解决他们的问题，已非易事，若想反过来难倒他们，无异于痴人说梦。

到 7 月的时候，大批同胞已经牺牲。外星人的母舰派出一个个飞行器，搜寻着幸存者，意图斩草除根。

我作为一名高中生，和其他活下来的同学在李老师的带领下东躲西藏，找各种掩体隐蔽。

但我们还是被发现了。

一个面貌丑陋的外星人从他的飞行器上下来，狰狞地朝我们走来。

所有人惊恐得不知所措，有的女生开始尖叫、痛哭。

李老师见状，强作镇定，把我们掩护在身后。

外星人走到他面前停住，看来要先向他开刀。

果不其然，沙 -250 星人迅速发动攻击，抛出一个问题。

“把大象装进冰箱总共要几步？”

李老师愣在那里，脸上青一阵红一阵，豆大的汗珠直往下淌。

五秒过后，嘭！他在我们眼前被炸得粉碎。

不要啊！同学们恐惧地大叫起来。

外星人又走向班长。

“王先生一边刷牙一边唱歌，请问他是怎么做到的？”

胖乎乎的班长也爆炸了，尸骨无存。

“小明的爸爸有三个儿子，老大叫大毛，老二叫二毛，老三叫什么？”

学习委员也当场惨死。

所有的同学痛哭失声。

眼看着马上就要问到班花小兰，我再也忍不住了，毅然挺身而出，拦在了所有人面前，挺起胸膛道：“要问就先问我吧！”

小兰和其他同学纷纷用感激的眼神看着我送死。

外星人狞笑一声，问道：“黑人和白人生的婴儿，牙齿是什么颜色？”

我不假思索地回答：“婴儿是没有牙齿的！”

他显然没预料到我能答上来，好一会儿才恶狠狠地说：“算你厉害，现在到你问了。”

我有些犹豫，毕竟要难住他也不是易事。想了几秒，我突然灵机一动问道：“请问怎么才能打败你们？”

外星人愣住了，他没料到我会这样问。

如果他不回答或说谎，会自爆而亡；如果他说实话，则会暴露他们最高级别的秘密。

看得出他陷入了两难境地，在五秒倒数快结束时，自己高智商的骄傲战胜了一切，他冷静回答道：“在母舰里有个主机，他拥有最高智能。如果能到他面前并且难住他，我们就都完了。”说完他带着骄傲挺胸离开，连飞行器都不愿带走。

我长舒了一口气，同学们更是喜极而泣。

小兰上来激动地抱住了我。

我轻轻将她推开，严肃地说：“你找个地方，把大家安顿好。”

“那你呢？”她现在看我像看英雄。

我眺望着远处母舰的方向，淡淡地说：“我要去拯救地球。”

“那你小心，一定要平安回来，我……我们等你！”她泪流满面。

我没有再理她，骑上飞行器，疾驰而去，背后是一片期待的目光。

接下来的经过大同小异，一路上和进入母舰后，我遇到了无数的阻拦。面对各种疑难问题，我一一化解。而轮到我反问时，我已经想好了一个宇宙级难题，难住了所有对手，他们在我放声大笑中和自己的羞耻中一一被摧毁。

最后我来到了主机面前。

那一刻我突然很激动，在长达数月的惨烈对抗后，终于到了反击和一决雌雄的关头，灾难即将过去，文明又能延续，我无法压抑内心神圣的使命感。

我深深地吸了一口气，面对着最高智能的主机，再一次抛出了准备好的宇宙级难题。

“地上一个猴，树上骑个猴，一共几个猴？”

嘭！嘭、嘭、嘭……

回到地面，同学们和小兰激动地迎了上来。

我笑着对她说：“我平安回……”

她用温热的双唇堵住了我的话。

那漫天的火光和不绝于耳的爆炸，像是为我俩甚至人类绽放的烟花。

人间四月

人间四月本是文艺青年笔下的大好时节，可是包括地震在内，最近在网上和现实里耳闻目睹的却尽是些惨事。波士顿马拉松赛被恐怖分子的炸弹袭击了，复旦优秀学子疑似被同室校友投毒身故了。再加上不久前各地因流感纷纷倒地的鸟雀和被扑杀的家禽，整个生物圈在明媚的春光里，简直悲伤逆流成河了。

再掉转头看看名人的八卦情事，也无甚喜讯。南京妹子熊黛林跟郭天王两人三脚长跑了七年，又要分开各跑各的了。本以为爱情的道路只是崎岖的，没想到终点还不在一起。青年才俊、文学鬼才南派三叔也在微博里坦言出轨，称十年的婚姻即将告吹。其妻却爆料三叔患双向情感障碍，已经精神分裂。眼看着一部现实版的《回家的欲望》就要上演。当然其中复杂内情，外人不便猜测。但想到三叔也曾经付过我人生第一笔稿费，所谓拿人的手短，假若到时三叔真要临床治疗，我在思忖要不要提几袋苹果去看看他。

死亡和爱情，是人生的两大主题。奈何在这个四月里，主题曲是悲伤的旋律。

我在这样的春天里，忽然想念南京的鸡鸣寺。四月的美好本该像寺外的樱花一般盛开的。

鸡鸣寺几乎是情侣在春天最浪漫的去处。一则是因为那里供奉的是药师佛，与其他佛负责超度往生相比，药师佛据说能给你现世的幸福。所以情人不妨结伴去拜一拜，求求美满姻缘。二则是因为佛寺之外的樱花太美艳了。尽管今年入春以来，天气冷热无常，但应该无碍于花期。在离开南京的前一年，我曾带我家娘子去过，我们只抓到个春天的尾巴，枝上已不太繁盛，粉色的花瓣不时坠地。但游人依然很多，四处可见在似锦繁花下亲密合影的成双丽人，仿佛灯光一闪，一秒便真能成永恒。

当然现实总是会违背愿望。曾有人摄下一张鸡鸣寺外花海里拥吻的青年男女，放上网后广受好评，被称为最美的情侣。今年听说这两人也分道扬镳了，男主人公早已另娶贤妻。这次的波士顿马拉松赛，有位男子欲在其女友跑完全程后求婚，谁知一声轰鸣后，伊人香消玉殒，从此人鬼殊途。再联想到雅安地震中失去生命的人以及失去家庭、失去伴侣的生者，人生要遭逢的变故实在太多。爱情和生命的期限，也未必能比四月的天气如常，比樱花的花期更久。

我遥想着鸡鸣寺外的樱花，想着那些在劫难里被现世抛弃的人，忽然觉得，只要爱情和生命还能如花盛放，便已然是人间四月里最美好的事了。

圣诞老人

俗话说，有翅膀的不一定是天使，也有可能是鸟人；身骑白马的不一定是王子，也有可能是唐僧。依此类推，开保时捷的也不一定是富二代，有可能只是修车小弟。若是有一夜，你在睡梦中惊醒，见有个肥胖的男人身影在你闺房里四处乱摸，倒也不必惊慌报警，因为那未必是梁上君子或者采花大盗，也有可能是圣诞老人。

圣诞老人的身材并非生来就如此臃肿，过去也很消瘦。现在的胖老头形象其实是可口可乐公司几十年前的策划，因为他的红白衣帽和品牌色不谋而合，而胖乎乎、憨态可掬的容貌似乎更有亲和力。而照我看，肯德基亦可借机营销，因为山德士上校若是戴上帽子和假须，看上去应该也与圣诞老人无异。

我是很羡慕圣诞老人的，因为这厮一年只需上一天班，平时不知在哪里活动，而且出行便是配备豪华座驾，带上一车礼品。我若是有这般配置，一定在街上随意搭讪：“嗨，美女，坐哥哥的雪橇去兜风好不好？”到山顶看完风景，便发发毒誓，许许诺言，末了再送上包装精美的礼物若干，物质与精神夹攻，什么样的美女不是手到擒来。可惜他暴殄天物，那么多礼品，但是只送未成年人，不用来怜香惜玉，我估计这与他年龄偏大不无关系。

除此之外，圣诞老人还有不少“怪癖”。其一是有门不入，喜欢标新立异钻烟囱，现代建筑多数没有烟囱，不知寒冷的平安夜，他站在门外时有没有顿觉凄凉，心生被时代遗弃的感觉。其二是喜欢把礼物放袜子里。我猜想是老人觉得工作太轻松，故意增加难度和趣味性，毕竟屏住呼吸把礼物放进一双充满恶臭的袜子，挑战性堪比极限运动。

说起来袜子才是最神奇的发明，通过它可以轻松实现愿望。譬如小时候，你把袜子挂在壁炉上，便能得到圣诞节的礼物；而长大后，你把袜子套在头上，便能得到银行里的钱。就算得不到钱，还能得到不少室友和男朋友呢。

每个行业都有鼻祖，木匠拜春秋时的鲁班，做豆腐的拜西汉的刘安，圣诞老人若算起来，应该算是快递员的祖师爷。他这么多年如一日，风里来、雪里去，一夜便为你捎来心仪的包裹，就算不是江浙沪，也贴心地免去邮费，连水都不乞一口。你还在睡梦中呓语，他已悄悄代你签收，披着满天星光驾雪橇离开，真是“事了拂衣去，深藏功与名”，无论物流速度还是服务态度，均堪称快递行业的行为楷模。

去年圣诞前夕，我问幼子想不想收到圣诞礼物。他几乎是脱口而出说想，然后眨眨眼睛又问我：“可是圣诞老公公怎么会知道我要什么呢？”我笑着说：“那你大声告诉他啊。”我指指天上。于是他信以为真，开心地对着天上喊道：“圣诞老公公，我想要一辆玩具汽车！”

最后他当然收到那辆玩具汽车了。我不知道世上是不是真的有圣诞老人，但我知这个世上会有这样一种人，他也有很多怪癖，有很多缺点，他长得或俊或丑，性格或开朗或沉闷，声音或悦耳或难听，工作或优秀或不堪，但无论他富有或贫穷，他总愿意为你织梦，尽力为你奉献他的所有。他愿意为你，做个三百六十五天上班的圣诞老人。

搭讪

2012年，一群记者追着群众问同一个问题：你幸福吗？被追上的群众要么嘤咛一声捂脸跑开，要么含羞支吾答非所问，还有的则是冷颜相对不卑不亢。感觉这不是采访，而是个小青年在搭讪姑娘。

其实类似的搭讪早在五四运动时文艺青年们就搞过，当时也有大学生跑到农村，追着卖菜的老农问："你幸福吗？"如你所知，"幸福"这个词在当时还是新鲜货，比老农担子里刚摘下来的白菜还要新鲜。所以老农惊恐地望着大学生，仿佛看到了火星人，转身就跑掉了。可第一次见面就问"幸不幸福"，实在是一种很失败的搭讪方法。

关于如何搭讪，网上有不少教程。郭德纲也在相声里教过一招，见到心仪的姑娘，上去拍拍肩膀问："同学，这本书是你掉的吗？"便可一举打破尴尬，并且下一步有并肩行走散步聊天的可能，很是实用。所以我怀疑李晨收集那么多心形石，也是为了方便搭讪，没事就问人家姑娘，这颗心是不是你掉的，当真是罗曼蒂克得紧。只不过这招亦需随机应变，投其所好，并非所有的姑娘都爱书或者奇石，所以你得准备化妆品、零食、首饰、手机若干，以备不管碰到什么类型的女子都能掏出令其动心的失物。为省事计，建议还是直接掏出人民币一沓，豪气地问对方："请问这沓钱是你掉的吗？"

事实上，耍贱的搭讪虽然幽默，有时并不招人喜欢，反倒不如一句“我觉得你很特别，想认识你一下”更容易接受。当然，深究下去，这个“特别”其实也很肤浅，因为既然还未深入了解，能给人留下深刻印象的无非也就是长得特别好、身材特别棒、胸部特别大，但起码胜在听起来显得含蓄而有诚意。

我有个朋友，擅长伪装式的搭讪，即用短短一句话便让人觉得他有内涵有品位。譬如“这本书不错，但是建议读一读金圣叹的点评再回来读，可能有新的启发哦”，顿显高级知识分子气质。或者“能告诉我几点了吗，我手机没电了”，说完一定要晃晃手里的土豪金，哪怕其实电量还有百分之九十五。总之在文艺女青年面前，他就是淡泊名利的学者；在二次元少女面前，他就是狂热的动漫爱好者；在物质女流面前，他就是低调奢华的富二代。他因此战无不胜，攻无不取，但我总隐隐地为其担忧，经常提醒他下雨打雷，切勿出门。

我生性腼腆，想搭讪却苦无勇气。如今虽然时常在网上写一些幽默段子，但在喜欢的人面前，连半句俏皮话都说不出来。于是我从当初的羞涩少年长成羞涩中年，其间也不知错过了多少姻缘。好在不搭讪，还可以被搭讪。凭着天生的魅力气质，现在的我走在路上，也总被一些妙龄女子拉住，她们面带桃花，朱唇微启，害羞地与我搭讪：“先生，你听说过安利吗？”

嫁个有钱人？

最近饱受整容传言折磨的港星李彩桦坦言渴望新恋情，称并不介意嫁入豪门，说得好像嫁入豪门是下下之选，就像早餐没有营养自助，只能喝碗稀饭那么委屈。其实抢着喝这碗稀饭的大有人在。譬如娃哈哈集团的掌门千金身价过亿，尚未婚配，如果我还是单身，她又看中我，我也不介意委屈一下自己的。同时我希望她对待感情能认真严肃，最好能委屈我一辈子不带反悔的。

想嫁个有钱人并不是什么丑事，所以没必要掩饰。从生物学角度讲，雌性动物总是希望配偶能够占有足够多的资源，这是天性。

可以想见，在远古时代，一头出门随便晃悠一圈便能扛回整只猎物的雄猿，总是要比每天采两只香蕉的雄猿更显得有气概，更能获得部落里母猿的青睐。这种心理延续到乱世便是美女爱英雄，因为孔武有力或智谋过人的豪杰有更大的可能会占有社会资源。如今的战场演化成商场了，所以中意嫁豪门也无可厚非。我有个女性朋友和许多女子一样，平时见到帅哥就犯花痴，有次我问她帅哥和富翁同时跌入水里会先救哪个，她毫不犹豫地说会把救生圈丢给王老五，然后装腔作势眼泪涟涟地对帅哥道一句“来生再见”。

我一向不觉得这有问题，女子爱豪门就像男子爱美人一样天经地义，否则就是只准你看丰乳肥臀相，却不许人做纸醉金迷梦，连我都要替女权主义者批判你。

但要嫁豪门却也并非易事，有钱人家选媳妇条件是很严苛的，据说最重要的是要能旺夫。我对麻衣神相也略有涉猎，所以我知道下巴圆满的女子是最有旺夫相的。可惜现在那些小明星，一个个把自己整成锥子脸，其实是误走了歧途，如果她们见到此文，一定会痛心疾首地恨不得用下巴戳死自己。我家娘子也是瘦脸尖下颌，当初我便使劲给她灌输这个理念，终于让她放弃了当阔太太的念想，心甘情愿跟着我受穷。

除此之外，据说学历、性格、出身、血型、八字也是要调查的，条件比上哈佛都要严格。“奉子成婚”这一招对于豪门也未必行得通。

常有人说：“有钱人生活乱、应酬多、感情假。”其实这都是酸葡萄心理。倒不是我拜金，只是把人品和富有混为一谈，实在算不上一件理智的事。我们所见的有钱人能犯的错，没钱想犯也一样能犯，区别只在于档次而已。而有钱能够给人带来生存的安全感和舒适感，却远非贫穷所能替代。

所以我不会轻易指斥欲嫁豪门的女子拜金，谁都有追求高品质生活的权利。保不齐我将来也有女儿呢，我大概也会希望她不要介意嫁个豪门的吧。

睡觉

十三年前我刚上大学，被家人逼着去新东方学习，当然，不是厨师学校，而是教英文的那家。其实我完全没有出国留学的念想，于是采取了非暴力不合作的态度，每天倒也起个大早去听课，只是老师一开说，我便伏桌大睡，姿态销魂，任尔吹天南地北牛，我自岿然不醒。

所以谈及当年的托福班，我仿佛得了失忆症，连老师的脸都记不得，唯一有印象的是新东方笔记本的扉页上有句话：你迟早会变成自己所扮演的那个人。这论调像是个魔咒，又像是个下在我身上的降头。曾经我精力旺盛，生猛无比，自从在新东方的课堂上睡得感天动地后，便一发不可收拾，逐渐变得在哪里都能倒下来长眠。

如今我坐车想睡、开会想睡、吃完想睡，对着书看两眼便直欲做梦，已然与一头猪无异了。对于我这样的嗜睡者来说，每天早上起床的闹铃简直就是催命符，虽然现在的手机闹铃有“小睡”功能，即可以再睡五分钟后重新响铃，但有经验的人都知道，五分钟的小睡时间其实就像一眨眼，显然是不够的，可见还欠缺人性化，希望有技术人员能早日开发出“大睡”的功能。

我睡觉时算是比较安静的，但据说有些人睡觉时有四大爱好：磨牙、打呼噜、放屁和梦游。我曾与一个胖子共租两居室，那是我最不堪回忆的一段岁月。他那简直不能叫打呼噜，只能叫打雷。每个清夜里，他的轰鸣声总能穿过承重墙，直刺隔壁房间我的耳膜，将我惊醒，那一年里真不知被他扰了多少春梦。由此可见，打呼噜的威力不亚于生化武器。而且据科学研究表明，打呼噜还容易导致猝死，想想也是，如果当年我的脾气暴躁一些，那胖子可能早就猝死了。

除去上述几样，我的死党洪同学开辟了睡眠时的新内容。他当年长期奋战在网吧，经常打着游戏头便一歪，不省人事了，有时嘴还张开流着口水，因此损坏了不少键盘。神奇的是此时他的手指还在啪嗒啪嗒按鼠标，指挥着电脑里的小人漫无目的地乱走。自己不梦游，让游戏角色梦游，也是当年那间网吧一道亮丽的风景线。

在我看来，嗜睡总比失眠要好得多，嗜睡的人都是一样的，失眠则各有各的原因。我偶尔也会失眠，有时是担忧的，有时是兴奋的，但就体验来说，长醒不睡总是很折磨人，不如长睡不醒来得好。所以我愿余生都如现在一般，能很快入眠。

在爱好睡觉的道路上，我并不孤单。据说有人建议将捉迷藏列入奥运项目，那我强烈呼吁我的同好者一起主张，鉴于良好的群众基础，其实睡觉也该“入奥”。届时我希望能参加男子1500分钟长睡，在奥运的运动床上，为国争光。

雨季到泰国看天堂

长假伊始，国人像蝗虫一般集体出行，涌向各地高速和旅游景点。彼时的我，也正在禄口机场逡巡，猥琐地在肤白貌美的机场小姐身边乱转。眼见着保安心生狐疑，操着警棍就要向我扑来，我赶紧掏出去往泰国的机票自证清白。没错，与其在国内数人头，不如去境外旅旅游。于是数小时后，飞机载着我直插云霄，一路向南，仿佛一只独自南行的孤雁。

10 月是泰国的雨季，说起来不算上佳的旅游时节。从曼谷机场出来，天便阴沉沉的，再坐汽车慢悠悠颠到芭提雅，雨就预期而下了。

一路上，四十多岁的男导游都在吹嘘泰国如天堂般美好。恰好联合国最近发布了全球幸福国家前十名，分别是丹麦、挪威、瑞士、荷兰等等，如你所知，都是些欧洲资本主义国家，泰国却不在其列。照我们导游来看，这是极不公平的。他说，泰国男少女多，其中又有很大一部分男人出家当了僧侣，一小部分男人忍痛做了人妖。他愤愤地总结："仅凭这项指标，泰国男人的幸福指数就足以秒杀全球多数国家。"

我们的导游自己便娶了两个妻子，他的吹嘘令一车的男人都开始想入非非，一脸神游状，全然不顾身边的妻子在直翻白眼。后来闲聊时他又提及：“泰语老公的发音类似中文的傻逼。”这才把周遭的男人从美梦里惊醒。呵，原来娶几个老婆要冒着被她们叫傻逼的风险，我就说嘛，天下哪有什么免费的午餐。

不过芭提雅倒真是鬼佬的天堂，这座不夜城白天静悄悄的，一到上灯时，夜店门口便站满妖冶揽客的男女，无数六十开外秃顶肥肠的白人搂着泰妹，像幽魂一样从四面八方浮出来。据导游说，这些都是来了便不愿走的外国老流氓。他们包养一个当地女子才几千泰铢，折合成美元不过几百块，划算得紧，所以乐不思蜀。我家娘子听罢贼兮兮地试探我：“你一定很想移居此地吧？”我当时就严肃地摇了摇头。说实话，那些泰妹个个黑得跟张飞似的，自小长在江南水乡的我，实在喝不惯这么重口味的茶。

芭提雅没有我们的幸福，好在别处有。第二日，我们又在雨中颠回了曼谷。白天我家娘子参观泰国王后用的那些饰品，见满屋子全是黄金和钻石，当场便和所有的女游客一起幸福得快要晕厥。而傍晚，我们披着夕阳坐游轮在城里穿行，当厨师将丰盛的自助餐一一端出时，我的幸福也来了。晚霞里，泰籍歌手的歌声悠扬婉转，两岸的高楼佛塔次第而过，而我却深情注视着桌上的海鲜与水果，早已无心看人世风景。生命如此美好短暂，那一刻，我只想做个湄南河上饱食满足的小鬼。

诺贝尔奖

最近文艺青年的偶像村上春树老师大概比较郁闷，因为每年诺贝尔文学奖开奖之前，他夺标的呼声都很高，但是2012年他输给了莫言，2013年又意外落败。这就好比打麻将，局势僵持，在你觉得快要自摸混一色时，忽然有人点炮让上家成了对对胡。众所周知，这是很痛不欲生的，更不用说连着发生两次。

当然，我是挺高兴的，评委会做出如此决定，我就可以继续在酒席间和朋友们这样吹牛了："迄今为止，我获得诺贝尔文学奖的次数依然与村上春树持平。"

2013年截了村上老师胡的是加拿大的爱丽丝·门罗，她在中国算是一位冷门作家，以至于爱好充门面的文艺青年赶到书店寻其大作时，许多书店的导购员竟然不知有这么一位女文人。但门老师的作品很快便会在中国大卖，这方面我们都有经验。当初莫言得奖后，所有书店一进门必然有大面积他的势力范围，相信门老师不久也会有乔迁之喜，从书店阴暗的角落里搬出来，喜气洋洋地与莫老师比邻。

得诺贝尔文学奖自然是一件喜事，不提带来的光环效应，光数百万的奖金便令人垂涎三尺。不知那些科学家和文人喜滋滋地领走巨款时，会不会想起当初设立这个奖项的土豪诺贝尔本人。

这个瑞士人绝大部分身家——当时就价值九百多万美元的财产设立了诺贝尔奖基金。据说这其中有一部分本来是要留给亲友的，但他三立遗嘱，最终硬是让肥水改道，流到了外人田里。考虑到当年他研制炸药时还炸死了亲弟弟，套用雷锋同志的话，他对待科学家简直如春天般温暖，对待亲属又简直如秋风扫落叶般无情啊。

其实诺贝尔设立这个奖项时，起初瑞士政府和人民群众都不答应，因为他们觉得这么多钱，应该造福大多数人，而不是给少数几个在实验室或家中埋头苦干的宅男宅女。我也持这个意见，我认为这么一大笔财富，怎么也得来造福造福我。可现在呢，你把几百万奖给莫言，到头来我还得再花钱去买他的书，出版商还要涨他的书价，他倒是名利双收了，而我非但没好处，反而还雪上加霜。想到此处，我便忍不住要骂一句。

更令人发指的是诺贝尔只设了和平、文学、物理、化学和生理或医学五个奖项，如此一来，分蛋糕的人数更少，而且都是些严肃刻板的研究，不但离普通老百姓的生活很远，而且乏味得紧。

相比较而言，美国人马克·亚伯拉罕创办的“搞笑诺贝尔奖”就精彩多了。比如2010年的搞笑物理学奖就颁给了新西兰的研究人员。他们发现，在冬天结冰的人行道上，如果在鞋子外面套上袜子，会比较不容易摔倒。这令我很受启发，通过研究也发现，吃饭的时候如果用鼻子进食，会比较不容易咬到舌头。而2010年公众卫生奖则颁给了美国研究人员，他们发现，微生物有时会爬到科学家的胡须上。这就更有启发性了，因为我早就发现，小区的魏大爷有时会爬到隔壁王大妈的床上。凭以上成果，相信在不久的 2014 年，我也能分到搞笑诺贝尔奖的一杯羹了。亲爱的朋友们，请祝福我。

恋爱症候群

不久前在微博上看到一幅漫画，说的是有两个青梅竹马的蛋，不知道为什么不好好待在窝里，总之每天是卿卿我我，谈恋爱、看夕阳，感人得催人泪下。两个蛋约定将来被孵出来以后也要这么死乞白赖地腻在一起，真是情比金坚、罗曼蒂克啊。当然情节总是要反转的，造化总是要弄人的。这两个蛋孵出来以后，一个是条鳄鱼，一个是只小鸟。最后漫画以黯然分离告终。我认为作者这样决定是对的，因为如果硬要把两种不同纲目的动物拧在一起，这是有违人伦的。

当然我觉得这个故事背后另有深意。恋爱都是这样，两个人起初看对方，都是怎么看怎么顺眼的，就像鸡蛋那样光滑，毫无瑕疵。但时间一长，缺点就逐一暴露了，于是一个成了对方眼里的水货鳄鱼，另一个则成了对方眼里的鸟人。

这是一种病，专家门诊可以找台大音乐才子黄舒骏。他在《恋爱症候群》里便断定：不管性别、年龄、职业、体重、长相、学历和血型，没有一个人可以免疫。据黄医生说，恋爱都有这样三个阶段，第一阶段是改变一些生活习性：譬如“洗澡洗得特别干净，半夜突然爬起来弹钢琴，女人突然改变发型，男人开始每天练哑铃”。第二阶段则是变得格外敏感和恶心，症状是“写的唱的说的都像天才诗人一般才华洋溢，愈肉麻愈觉得有趣”，以及“走着坐着躺着趴着都形影不离，像是两人三脚，又像连体婴”。黄医生又说：“经过一段轰轰烈烈的热恋时期，不久就会开始渐渐痊愈，两人开始互相厌倦互相攻击对方缺点，所有甜言蜜语都随风而去。”

专家就是专家，恋爱中的男女众生相都活生生浮现在他这份论文般的歌词里。

所以恋爱总是以喜欢对方优点开始，以憎恶对方缺点而结束。我在手机里下了一个APP，经常推送些八卦图文，以慰藉我平日的无聊。恰好昨日推送了一条《十大男星被甩的原因》，大可分享。真假不可知，但至少说明，不管名人凡人，爱到最后难免会心生嫌弃。

人总是有缺点的，帅的可能很穷，漂亮的可能脚臭，又帅又有钱的可能身高只有一米六，感情和婚姻不太适合完美主义者。在你没有做好包容对方缺点的心理准备前，最好也先别爱上对方的优点。

人艰不拆

歌词里总是会出现隽永的语句，尤其是大师的作品。虽然比不上林夕、黄伟文那么蜚声遐迩，但施人诚也算是名家了，好歹他也为S.H.E写过《中国话》、为刘若英写过《后来》、为阿桑写过《寂寞在唱歌》。所以从他的笔下跑出来几句脍炙人口的心灵鸡汤、哲理禅思，也不算意外。若论他最火的名言，当属为林宥嘉写的《说谎》里的那句：人生已经如此艰难，有些事情就不要拆穿。

是的，人生要面对许多艰难的真相。譬如有钱的人物质生活就是更加丰富，聪明的孩子就是更受老师喜爱，美女帅哥去应聘工作就是比其他人简单。我们已经认识到这些真相了，也知道自己是穷的、笨的、丑的那个了，我们心照不宣，默默忍受，你又何必再来强调多加一次伤害呢。从这个角度说，爱拆穿者总是很残忍，很讨人嫌。

日前有人发现某购物网站便有个杀千刀的拆穿功能，它在每件商品的页面下方都注明“浏览该商品的用户最终购买了什么”。于是我们得知，有许多对着某件标价一万四的高档相机直流口水的用户，最后都如梦初醒，擦擦口水，叹一声“心比天高，命比纸薄”，然后暗暗地从卡中划出五百块，买了个低端的同类产品。呜呼，这就是梦想和现实的差距，真是见者流泪，闻者伤心。该网页功能的工程师也许初衷是为了提供更好的比较，但无意间拆穿了艰难的人生，真该拖出来重打屁股三百下。

有人是因为性格原因，偏好拆穿；有人则是职业要求，必须拆穿。比如女明星刚在镜头前搔首弄姿，扭扭捏捏地说："人家没有男朋友了啦。"这边厢狗仔队却昼夜埋伏，翌日便将她与猛男幽会的私照刊出。这可能是最八卦最喜感的拆穿，但于当事人的生涯而言，其实也是一种艰难的真相。我就当不了狗仔队，我生性温和，既怕自己尴尬，也怕别人在我眼前尴尬。所以即使遇到有人吹牛或者说谎，也常常只好扮傻，附和着笑笑，不忍拆穿。像我家娘子每听别人夸她漂亮，嘴里说哪里哪里，其实心里乐开了花，你看我就从来不说破。

但不是每个妻子都能遇上像我这么友善的老公。最近网上有则新闻：一对夫妻带孩子参加同学聚会。酒过三巡，同学纷纷夸妻子的皮包是名牌，问价值几何。妻子推搪不过，红着脸道："是老公特意送的，我也不知道多少钱。"

本来到这里便可告一段落，既秀了夫妻恩爱，又避免说出真相，危机公关处理得简直完美。谁知那丈夫不知是酒酣还是真蠢，竟然接话道："什么我送的？明明是你自己买的，你还说是A货，难道是骗我的？"一番话说得同学们面面相觑。妻子脸上也是青一阵红一阵，当下便干了一杯白酒，愤而掀起衣服，当着所有男同学的面，给孩子喂起了奶。真是横眉冷对丈夫指，怒掀胸衣做奶牛，端的是一名巾帼英雄！不知喂奶时，她心里是否在感慨遇人不淑，也不知她丈夫是否能从此意识到人艰不拆的意义。唯一能知道的是，那些男同学将来肯定没事就要喊他夫妻俩喝酒，邀请时还得客气地嘱咐："那什么，请务必把孩子也带上。"

老唐

流星·蝴蝶·剑

20 世纪 90 年代，大学校园里流行一句话：“男读王小波，女读周国平。”当然，这是比较有格调、有面子的说法。而实际上在更大众的范围里，女生读琼瑶的要比读周国平的多，男生读古龙的要比读王小波的多。

我年轻时也读古龙和王小波，这两人都是我喜爱的作家。其实对文人的喜欢都是爱屋及乌。用钱锺书的话来说，就是吃了一个好吃的鸡蛋，却对那只下蛋的母鸡情根深种，这是很不科学的。

当年我读完几本古龙的书，就很不理智地迷上了这个运笔如刀的男子，初以为他如楚留香、陆小凤那般玉树临风，后来翻到照片才发现是个其貌不扬的矮胖子，顿时失落了半天。不过幸好有了这样的体验，后来我读完《黄金时代》，再看到王小波那张歪着脑袋、咧着大嘴的脸时，已经能做到心如止水，不泛涟漪了。

作为武侠大家，古龙总是被拿来与金庸相比。在我看来，他的文字更符合现代大众的审美，短、平、快。吐字如吐血，出句如出剑，泼辣爽利，招式不多，但风情俱在，直抵人心。若说金庸的语言像一首慢词，徐徐铺开，情景相融，古龙的语言则像一首五绝，干脆利落，点到为止。

与他的文字一样，古龙的人生也是传奇，他笔下的主人公身在江湖，而他自己也混黑社会；他的主人公都爱饮酒和美女，而他自己也是嗜色如食、嗜酒如命。不得不说，他的异性缘令人眼红，即便长得那么丑，即便是在最窘迫时，也有美女心甘情愿为其暖床做饭。呵，那是个不需要权钱，仅凭才气就能找到女朋友的时代，想起来便令人神往。

不过酒和女人都是伤人利器，一个伤身，一个伤心。喝到肝硬化的他不顾医生建议，继续豪饮，终于不支。临死前，他躺在床上凄凉地问："为什么我认识的女子，一个都不来看我？"唉，世情浇薄，催人涕下。也不知伤身的酒和伤心的美人，最终究竟是哪一个彻底要了他的命。

金庸写完《鹿鼎记》封笔时是四十八岁，梁羽生也说过了五十便不宜再写。古龙则在四十七岁猝然离世，像一次更为残酷决绝的封笔。如果用他自己的作品来形容他短暂的人生，最形象的无疑是《流星•蝴蝶•剑》。他像一颗转瞬即逝的流星，在熄灭前绽放了耀眼的光芒；他像一只风雨里凋零的蝴蝶，在死亡前完成了毕生的飞翔；他又像一柄已经悄然归入匣中的古剑，人间已无龙吟声，却依然留有它十步杀一人、千里不留行的传说。

据说古龙死后，有好友买了四十八瓶 XO 陪葬。他坐在棺旁，饮一口酒，往棺内的古龙嘴里倒一口，以这样绝倒的方式祭奠一位绝妙的人，也算是佳话了。知己就是知己，希望我将来百年后，死党们也能如此懂我。我不好酒，你们可以拿些《花花公子》的杂志，静坐棺边，陪我一起看那些丰乳肥臀摇曳在尘世的女郎。

Get Out

网络上现在流行这样的句式：某某滚出娱乐圈！某某某滚出娱乐圈！乍一听还以为他们惹怒了娱乐公司的老总，被勒令金盆洗手呢。后来我才知道，其实只不过是一些不喜欢他们的网友，想通过如此义愤填膺的表达，来刷自己的存在感和话语权。类似的口号还有：五仁月饼滚出月饼圈！处女座滚出星座圈！网友们如此兴奋地表达立场，充满了党同伐异的快感。

这种句式的好处就在于，不管你平时有多么失败，但说出这句充满愤慨的祈使句，就仿佛真当了话事人一样，用《万万没想到》里的台词来形容就是，好像还有点儿小激动呢。

其实集体让某人或某事物从原有环境中离开，这种方式我们并不陌生。从前有一只鸭子，自小就丑得惨绝人寰，备受歧视，后来我们都知道，它被要求“滚”出了家禽圈。从前还有一个快乐王子，自他将浑身的宝石和金箔赠予穷人后，便黯淡无神，形容不堪，后来我们也知道，他被要求滚出了雕塑圈。不单童话里如此，在金庸老先生笔下，也曾有一个小和尚跪倒在众僧面前，那些师兄弟历数他犯的戒条，然后异口同声要求：虚竹滚出僧侣圈！而他的义兄萧峰看到此幕情景，不禁悲从中来，仰天长啸，因为他想到了不久前在杏子林，自己同时滚出汉人圈，被拒绝的那个夜晚。

最近不太受网友待见的是数学，它被七成网友要求要滚出高考圈，可见不太得人心。我之前也写过专栏调侃数学应用题，说我们的应用题总是很无厘头，很有星爷的风采。譬如鸡兔同笼、数头若干、数脚若干，问鸡兔各有几何。这题的荒谬在于，你都数头了，难道你分不清哪个是鸡头哪个是兔头吗？用镇关西的话说就是：出题人你是来消遣我的吧？

高考题自然不会如此简单，但部分网友总结自己讨厌数学的原因，正是在于它太难了。这方面我也有经验，刚学立体几何时，有堂课老师讲到一题，在立方体中添加了数十条辅助线后，堂下众人早已是头晕眼花，目瞪口呆。见大家均是一副弱智的神情，老师越讲越生气，气着气着便自己都乱了，不知下一步要怎么写。要说姜还是老的辣，只见他故作歇斯底里状将粉笔一摔，怒吼一声道："你们给我好好想想，想明白了我再来。"然后华丽地转身，逃到办公室查教参去了。可见题之难，师犹如此，生何以堪呢？

我高中的数学成绩挺好的，考过全市第一，按理说我应该假模假样，强调数学的重要性。而且我现在也不用面对考试了，完全可以幸灾乐祸地眼看那班后生仔步我们后尘，忍受高考之苦。但我还是想站在七成网友那边。我觉得对于大多数人来说，有中考那点基础便足以应付人生，所以对于数学滚出高考这样的议题，我的想法可能更出格。我认为所有的科目进入高中都应当是选修，你想学哪个学哪个，爱考哪门考哪门。

让我们红尘做伴

上周末去参加朋友婚礼，两个新夫妻，一套老程序，现代婚礼的模式总是千篇一律的。司仪登台请上新郎新娘，宣宣誓、倒倒酒，夫妻及双方家长表表态，然后亲朋好友跟着起起哄，席卷掉一桌酒菜就算罢了。里面照例是要捉弄捉弄新郎新娘的，碍于是公共场所，不能搞得像闹洞房那么有伤风化，所以也就只能让新人当场接接吻，以飨席间一班老少“流氓”。

我朋友和她的小白脸在台上热吻之时，我正在台下口水直流，因为刚上了一盘红彤彤的红烧蹄髈。如你所知，我对生猛海鲜更感兴趣，而对别人搂在一起互啃一事漠不关心，一则，啃的又不是我；再则，在接吻的理论知识上，我起码已是专家级别。

譬如我知道，接吻据说可以锻炼脸部肌肉，一个热情的吻会使面部二十九块肌肉处于紧张状态，包括十二种唇部及十七种舌头部位的肌肉。

譬如我还知道，接吻据说可以预防牙斑和龋齿，和牙膏的作用相似。但千万不能因此就不刷牙，否则你甫一张嘴，脱口而出的沼气便将吻友放倒，这时你要做的就不是接吻了，而是人工呼吸。

法国人的接吻方式被称为“灵魂的结合”，由此可以推测，他们的灵魂平时是住在舌头上的。但我觉得天下人接吻的方式大同小异，何以高卢人的口舌纠缠就神圣，而我们的灵蛇吐芯就触不到灵魂呢？我觉得这是对其他国人浪漫能力的一种赤裸裸的歧视。

之所以说天下人接吻大同小异，是因为虽然术业有专攻、技巧有高低，但起码用到的器官都一样，而且无论你是否左撇子，接吻时头却总要往右歪。无论你在准备阶段用多么灼热的目光紧盯对手，当他或她的脸凑上来时，你却总要闭上双眼。达官贵人、平民乞丐莫不如是，所以说接吻才是最平等的事。

作为一个学过两年生物的半吊子，我还知道接吻时会分泌内啡肽，这是一种有止痛作用的麻醉剂。所以有心的男士在你对象每个月有几天疼痛时，不要老是喊人家多喝开水了，倒不如温柔地抱住她，浪笑两声，给她一个诚意十足的法式湿吻，可能会有更好的临床效果。

最后，据说接吻最受欢迎的作用是减肥，轻轻一吻，能消耗三卡路里的热量，激吻一分钟，便已经消耗了一块巧克力。哪怕中午吃下一整块十四寸的比萨，只消你肺活量够，呼朋唤友来热吻个一场电影的时间也便消化了，简直比化功大法还要厉害，真可谓吃货福音。

当然这也是我的福音，哪天我若不想上班，便去开间减肥诊所，帮助那些整天嚷嚷要减肥的姑娘。与其暴殄美食，不如让我们一起红尘做伴，吻得潇潇洒洒。

人生多艰，坚持许愿

两周前我刚过了三十三周岁的生日，请了若干“狐朋狗友”，血红着双眼直奔海鲜城。如你所知，那里的点菜区摆着一个接一个的鱼缸，里面摇曳着各种婀娜多姿的海蟹、大虾和东星斑，在吃货的眼中，诱惑力不亚于阿姆斯特丹橱窗里的粉红女郎。

我挥斥方遒地迅速点完菜，片刻后，便开始与同来的吃货们“草菅”那些海鲜幼小的生命。当一片片刺身、一块块虾肉轻快地滑过舌苔，穿过咽喉，抵达胃里的温柔乡时，我浑身一阵舒爽，用梁羽生老先生的话来说，就是觉得宇宙里没有别的了，只剩下我和那些海鲜一起，达到了生命的大和谐。

食罢海鲜，一个死党打着饱嗝问我有什么生日愿望，一下把我问住了。我捧着肚皮想了半天，也不知如何作答。因为我的愿望一直都是父母身体健康，家人平平安安，我自己升官发财，今天中个五百万，明天又中五百万，后天再中五百万，最好每天都中个五百万。其实谁也没规定生日愿望只能许一个，也没人规定这个愿望可以有多大。但我觉得这么说似乎有点儿不太厚道，所以也就干脆不说了。

人总是一出生便要与愿望打交道的。即便你尚不懂事，也要被强加上父母的期望。古代有“抓周”的习俗，孩子周岁时把他放在一堆物件中间，抓到什么就预示着将来的职业和前途。据说济公童年便是抓到了木鱼才出家的，当然这只能怪他父母太笨，谁让你偏要把和尚用品放在里面呢。

强加的愿望多半是自我的安慰，所以父母得做好世事难预料的心理准备。子女抓周抓到话筒，未必能成歌星，说不定将来修音响；子女抓到设计图，未必能成建筑师，说不定将来在工地搬砖；即便抓到蜡烛，也不意味着一定能成为人民教师。

我自己的愿望也好不到哪里去，抑或是虚妄的奢想。我有时感慨营生不易时，常会回忆少年时那些志愿。我曾想过当发明家受人敬仰，想过当文学家著作等身，甚至想过当画家一不小心就散发出艺术的气息吸引到了周围的姑娘，可惜都一一破灭了。我现在只是在尘世里混吃骗喝，做着最普通的事，当着最平凡的人。

愿望种种，归结起来无非是健康、爱情和名利这几样，而对于多数人来说，这几样恰恰是最不易得到和最容易失去的。正是这样的人生多艰，我们才坚持去许愿，生日时许、祭祖时许、拜菩萨时许、见到流星坠落时许。总之只要有微弱的希望，便是暗夜里的火光，是急流里的救命稻草。

对于我来说，我倒不太相信生日的心迹以及流星的魔力，我比较相信一本老漫画《七龙珠》，里面说，这世界上有七个球，当我集齐它们时，我发财的愿望就一定能够实现。嗯，没错。所以生日的海鲜大餐后，我立即跑到附近的福利彩票店，虔诚地买了七个双色球。

聊菜名儿

一千个人眼里有一千个哈姆雷特，一千个人眼里也有一千种旅行的方式。对于文艺青年来说，旅行是感悟生命、净化心灵和用各种忧伤的造型拍照；对于土豪来说，旅行是一下机场便血红着双眼拎着蛇皮袋直奔免税店；而对于像我这样的吃货来说，旅行则是敢入深山吃猛兽，敢下五洋吃海鲜。

最近我虽然没有去旅行，但是在北京听一些教授专家讲授旅游之道。纵使这些专家的理论知识相当深厚，讲到规划发展这些枯燥内容时，我还是受不了会昏昏欲睡，只有讲到乡土菜肴、特色小吃时，我才会噌地一下抬起头来，擦擦嘴边的口水竖起耳朵来听。于是只见我在课堂上时而伏案大睡，时而警觉而起，活像个神经病。

其中有位教授讲到个例子，颇有趣味。他给蜀地某三国特色餐馆参谋时，为求差异化，专门在菜名上下功夫，力求每道菜都有文化有典故。譬如端上来一盘烤肉，器皿却做成舟型，上面插满牙签，聪明的你想必已经猜出了，这道菜叫“草船借箭”。再譬如几条鸭舌，周围有一圈豆腐乳，当然就叫“舌战群儒”。

中国人比较爱弄这些文化上的噱头。给我讲课的那位教授自然是有真货的，他包装的那家餐馆也不吝啬，起码草船借箭和舌战群儒端上来都是荤菜，值得掏钱一品。若是小成本餐馆，建议还是不要附庸这种风雅。很早以前便有一则故事，说某小店生意淡薄，有人支招说包装菜名，于是用两个鸡蛋便整了三菜一汤，菜名连起来是杜甫的绝句。第一道叫“两个黄鹂鸣翠柳”，是两个鸡蛋黄，旁边放点韭菜。第二道叫“一行白鹭上青天”，是一个蛋白切成块儿排好，旁边又是韭菜。第三道“窗含西岭千秋雪”则是另一个蛋白切成末，这回连韭菜都没用。第四道更简单，直接用剩下的鸡蛋壳漂在清汤里，便是“门泊东吴万里船”了。故事没有交代结局，但我猜这个店多半是让人砸了。

若你对这个故事没有印象，你应该还记得赵丽蓉老师1996年春晚上的小品《打工奇遇》。里面是这么说的：宫廷玉液酒，一百八一杯。但我们后来知道，其实就是那个二锅头，兑的那个白开水。其中还有一道菜，巩汉林老师曾托在手里得意地唱：“你看这道菜，群英荟萃，要您老八十一点儿都不贵。”不过后来也让赵老师戳穿了：“它就是一盘大萝卜！”

所以比起菜名来，内容其实更含糊不得。名字追求的是好记和印象深刻，未必一定要雅致，只要有特色，市井一些、庸俗一些并无大碍。老干妈也能上市，狗不理照样闻名。对于吃货来说，色香味也许更重要些，比如我平时非常爱吃拉面，只要筋道入味，便能随意饕餮三大碗，至于名字，我管你叫味千拉面、老王拉面，还是叫老王拉出来的面呢。

大学毕业生个人评价范文

本人是一名计算机系的毕业生。

思想方面，我追求上进，不甘落于人后，长期在朋友圈保持《全民飞机大战》、《天天酷跑》等游戏的冠军纪录。同时我积极面对生活，兴趣健康向上，坚持锻炼身体，每天到“野外打怪”两个小时以上。

作为一名计算机系的学生，平时我能潜心研读各类游戏攻略，认真观看电子竞技经典战役视频。并且酷爱钻研问题，经常为了英雄点哪个天赋、出什么符文思考到深夜。通过四年的勤奋学习，目前我已经能够熟练操作电脑与异性聊天，精通 WOW、LOL、CF 等各类软件，熟悉各种程序语言，能用火星语言编写“当爱输给眼泪，谎言也变成安慰”等忧伤语句。

除此之外，本人还利用业余时间，完成了一些职业资格考试，目前已经获得的专业技能证书有：魔兽世界剥皮高级、英雄联盟排位黄金四级等。

性格上，我为人开朗，经常与朋友们分享各类幽默段子，发出“哈哈哈”、“笑尿了”以及“博主你够了”等乐观的转发语。做事认真，尽职尽责，屡屡在英雄联盟中坚守上路，无论对手装备多好，人数多少，严格做到人在塔在，为队友在中路和下路打开局面作出贡献，并多次在赛后获得队友点赞。

生活中本人细心谨慎，无论是亲戚、同事还是前女友在QQ上问我“有没有开通网银”，我都会仔细盘问，从未上当。并曾在路上捡到五元、十元、二十元等不同面值的人民币若干次。同时极富同情心，汶川地震、玉树地震、雅安地震期间，为灾区人民送上自己的爱心。

在人生观和价值观上，我淡泊名利，虽然连续获得《幸运52》、《中国好声音》等节目的场外大奖，累计奖金高达数百万，但从未放在心上。

在校期间，我也不是一味埋头学习，两耳不闻窗外事。我长期担任各种学生工作职位，例如某明星全球后援会会长，某明星全球后援会外联部部长，以及《魔兽世界》“狂拽酷炫”公会副会长，并多次成功组织大型副本活动。

我还积极参与各类社会实践活动，以增加自身的阅历。譬如满二百减五十的活动、满五百送三百券的活动、买一送一，以及历年的“双十一”抢购活动，能熟练计算各种折扣。同时热心公益事业，主动参与“帮助汪峰上头条”、“随手拍解救单身男青年”等公益活动。

曾连续多年获得“谢谢惠顾”、“谢谢品尝”、“再来一瓶”等国家级荣誉，以及学校门口网吧老板授予的VIP资格。

当然我也有一定的不足，譬如缺乏社会经验和阅历、人际关系不广，在将来的生活中，我会通过微信、陌陌等社交软件“摇一摇”的功能，多结识朋友，多沟通生活，来弥补自己的缺陷。

荣誉属于过去，大学的回忆美好却又短暂，我会牢记它留给我的优良传统，继续努力，完成自己人生的主线任务和支线任务。

老唐

我的朋友老唐今年虽然才三十多，却时常嗟叹自己已经不屑谈爱。他像个老去的戏子一般，成日坐在时光里嗟叹。他说年轻的时候耐不住寂寞，所以很容易便能喜欢上一个人。他边说边对着镜子找鬓角的白发给我看，然后自嘲地说：“你看，现在我连衰老都不怕，还怕寂寞吗？”他说随着逐渐对各种男女的了解，明白了人性不过如是，可能也是现在耻于谈爱的原因。

他努力表现得老成世故时，我却想起他的少年往事来。

他十四岁上初二，喜欢上了同校高一的女生。那时老唐还是小唐。

一学期一次的校运动会，每个班级的休息区被安排在固定的位置。小唐跑完 1500 米，披着衣服走回休息区，然后他就愣住了。在他们班级后面那块区域里，一个穿高中校服的女生无意间看了他一眼。多年以后，他已经几乎忘记了她的长相，却始终记得那双又黑又亮的眼睛，和深得一眼便能刺到他心底的目光。

老唐后来很俗套地和我说他被电了一下，我笑笑。他急了，很认真地拉住我，发誓说真的，他这么多年只有这一次被电过，之后无论遇到的女子多么明眸善睐，都再没有那种交流。

之后的事情便又疯狂又无聊，小唐开始上课魂不守舍，花心思找到了那个女生在哪个班级，一下课便到阳台上找她的身影。每天中午一放学，小唐疯一般地冲出去，远远地等她，然后兴奋地踩着自行车跟在她后面。说来也巧，那女生中午吃饭的地方与他家只隔着一堵围墙。他随便扒拉几口，便跑到家里的二楼看她吃。等她吃完上路，他又疯一般地踩着自行车追。老唐回忆说，当时也没想过能不能和她说几句话，就是觉得每天这样跟在她后面就很安心。

再后来我找关系问到了女生的姓名和生日，他无比激动，立刻写了封信，傻乎乎地用本校的信封装上，连希望一起寄了出去。女生的班主任见到这么一封寄自本校的信，本能地觉得有问题，拆开看完又给小唐的班主任看，找女生谈话。小唐立时觉得天崩地裂。

事态没有想象中严重，两个人都没有受到处罚。只不过那女生有一次悄悄找到小唐，说了句："你怎么这么傻啊。"然后笑着离开了。再下个学期，女生就不知什么原因转学了，临走前还找小唐合了张影。

小唐高考结束后，某个高中同学晚上在酒店请吃酒，我和他一道前去。刚进门，一个女人冲他笑眯眯地招手。小唐看清楚后心颤了一下，然后喝了很多酒。迷迷糊糊中，她问："你还喜不喜欢我？"他犹豫了一下说喜欢，然后她拥抱了他，他们接吻了。

老唐后来分析说，可能她那时在大学里失恋了，很寂寞才这样对他，但是很快她应该又恋爱了。因为老唐一进大学马上给她写了信，和过去一样，没有任何回复。

老唐这辈子和她全部的故事便是如此：一次对视、一句话、一张合影、一个拥抱和一个吻。尤其是那个夜晚，好像只是命运犯了个小小的错误。

这是我认识的老唐，他说他现在已经耻于谈爱了。

开车那些事

有一个事实是：世上本没有那么多路，开车的人多了，路也就多起来了。你得承认，如今四处修建的各种公路，首要服务对象基本都是数量愈见庞大的开车人。

车当然是个好东西。人类总是热衷于发明各种物品，来弥补身体机能的缺陷。譬如说手不够长，搔不到后背，于是有了痒痒挠；视力不够好，看不清对窗的姑娘，于是有了望远镜。还有一群美国人深感年老体衰，雄风不再，于是有了辉瑞制药。照此说，车的问世应该源于人类对于自己脚力的不自信。

第一辆车何时问世已经不可考，但第一辆不靠牛马拉动的车，野史还是有迹可查的。相传鲁班就制造过一部木车，由木人驾驭木马，能一日千里。车造好之日，鲁班请自己的母亲端坐其上亲自体验。只见鲁班稍一拨弄，木车果然扬尘而去，他的母亲从此再也没有回来。鲁班望着滚滚烟尘，才想起好像忘记装导航了啊。

现代的车不至于这么蠢了，越来越高级和智能，高档一些的车，舒适程度甚至能与自己的家相媲美。但与此同时，开车人却显得越来越蠢。

开车人的第一蠢，体现在哪怕平时修养再好的绅士，一操持方向盘，就马上像吃了暴躁丸。尤其是一遇堵车，加塞，当时便能大放厥词，两眼血红，恨不得出来咬前面车里的人。若再不慎弄个追尾，两个司机下来互相问候女性亲属，厮杀一番更是常有的事。

专家称这是“路怒症”，属于无药可救无人能医的绝症。对于这点我在上中学时便深有体会，那时我拥有一辆爱车，在路上驶着驶着，链条就会脱落下来，我修得一手油污时，也会路怒。

开车人的第二蠢，是自以为是。我在驾车的前两年就是如此，仿佛自己是最牛逼的车手，把车开得飞快，超越别人时便暗自得意：“呵呵，开那么慢，菜鸟。”若是此时有一辆更快的车从身边疾驰而过，我又会立刻露出不屑：“呵呵，开那么快，傻×。”再譬如，别人要加塞时，我的反应是：“挤什么挤！”我若是要加塞别人时，反应则是：“让一下会死啊。”所以司机眼里永远没有准确的驾车方式，自己的才是最标准的。

关于司机，还流传着这样一个传说：不能让女人开车，否则迟早会发生恐怖的事。据小道消息透露，史上最丧心病狂的三大职业便是：恐怖分子、黑社会和某些女司机。有些女司机能弄得清瓶瓶罐罐的粉、蜜、乳、霜，却常常搞不清简单的油门和刹车。不久前，我还看到一则新闻：某女司机误将油门当刹车，一下子把指挥倒车的丈夫夹在车与墙壁间致死，真是一脚天堂，一脚地狱啊。由此可见，指挥女司机倒车比指挥打仗还要来得凶险。最近正在热播的电影《地心引力》便说的是个女司机的故事，虽然人家开的是飞船，但照样开得跟碰碰车一样，所到之处，无不摧枯拉朽，灰飞烟灭。最令人发指的是，这还是部 3D 电影，一个多小时，让你仿佛身临其境置身于恐怖女司机的车里，那叫一个绝望。反正我是看得脸色煞白，仿佛看了一部惨烈的交通事故警示教育片。

女汉子

浩瀚的我国文学史里，一直有个悬而不决的疑问。一个女子，“万里赴戎机，关山度若飞。朔气传金柝，寒光照铁衣”，而她的小伙伴与她“同行十二年”，竟然“不知木兰是女郎”，神秘性堪比恐龙缘何灭绝这一世界级难题。有人疑是她的小伙伴太蠢，有人疑是战争残酷，小伙伴们无心发现，但据我考证，之所以木兰扔在一堆臭男人里毫不起眼，因为她就是传说中的女汉子。

过去有人调侃世上有三种人：男人、女人和女博士。斗转星移，世事变迁，正所谓三十年河东三十年河西，现在第三类人已经悄然换成了女汉子。君不见女博士尚有钻石王老五垂青，而女汉子却依然只能在长夜里望月空叹，孤枕难眠。

还有人称女人为woman，而女汉子为wo-man，即“我比较man”之意，短短一条横线，隔出两个世界，真是凄凉。

每个人对于女汉子都有自己的定义，不外乎言行粗鲁、个性豪爽等特点。而在我脑海里，想到女汉子，则总是有如此的场景：我提着沉重的行李箱缓慢地走着，渐觉吃力，步伐滞重。正在我绝望地要停下来休息时，一只大手出现，一个粗粗的嗓音说：“我来帮你吧。”

我抬头一看，嚯！是一个比我还强壮的姑娘。只见她二话不说轻松把行李扛上肩，三步两步便到了站台。放下箱子，我感动得热泪盈眶，连忙问："谢谢！姑娘你怎么称呼？""叫我女汉子！"她转身留给我一个雄赳赳的背影，转眼便消失了，风里只剩下一阵"哇哈哈哈哈哈哈"的笑声。

综上所述，女汉子大概就是外表、言行向男性靠拢的一类女性。虽然不知是先天的原因还是后天的突变，但总之"倾国倾城"、"弱柳扶风"、"如花似玉"这种词是不能形容她们了。适合她们的形容词是"声若洪钟"、"一身是胆"、"一夫当关，万夫莫开"，诸如此类。

女汉子一般留短发，穿平底鞋，打扮以中性为主，甚至偏向男性化，偏好牛仔裤，基本杜绝裙子。女汉子穿起裙子来的骇人效果，和女人长胡子是一样儿一样儿的。女汉子一般不会精心化妆，性格大大咧咧，吃起饭来不顾吃相，既和男生称兄道弟一起口无遮拦打游戏，又是女生群里拧水瓶盖、换电灯泡、搬饮水机桶的一把好手。女汉子往往人缘都不错。

她们当然也渴望爱情，不过要和软妹子比温柔、比小鸟依人，的确毫不占优势。若要抢占爱情高地，就必须另辟蹊径。我童年时读过一部评话《薛丁山征西》，里面的樊梨花端的是一条女汉子，几次三番在战场上痛扁薛少爷，生生揍出了一条爱情的康庄大道。还有那《河东狮吼》里的月娥，不也管得老公服服帖帖嘛。所以倒也不必自卑，对爱情望而却步，要相信这个世上总有欣赏你气场的男人，要敢于对这样的男人大声说："怎么了，老娘就是这样的汉子！"

肺呼吸的痛

歌手梁静茹有首经典歌曲，词曰：“想念是会呼吸的痛，它活在我身上所有角落，哼你爱的歌会痛，看你的信会痛，连沉默也痛。”据我考证，这首作品并非形容相思，而是描述内地人民的日常生活。譬如我在老家宜兴，每日开门一呼吸，雾霾就活在我身上所有角落。哼你爱的歌肺痛，看你的信肺痛，连沉默也痛。

所以现在若想寻死，大约有两个可行的办法：一是停止呼吸；二是不停呼吸。

之所以有如此大的杀伤力，是因为白马非马，雾霾非雾。据说两者的区别是：雾的水分含量足、湿度高；而霾的灰尘颗粒多，水分不足。所以雾和霾大约就是二十岁的姑娘和五十岁的女人的区别。如果你一出门满世界都是更年期大妈，估计也会有轻生的念头。

前天我一早出门办事，整个世界都笼罩在迷雾里，数米外便是一片朦胧，恍若天上人间。我开着车在路上龟速前行，根本无法看清前面有没有车辆和行人，遑论高处的交通信号。起初我提心吊胆，生怕一不小心便过线闯了红灯，不过后来转念一想，心里便泰然许多，因为我料想那摄像头也未必能拨云见日，看清每辆车的牌照。

开车不易，步行则更艰难。这种天气选择将鼻子暴露在光天化日之下，需要有视死如归的勇气。除非你采取防护措施，否则极易走着走着便一头昏厥不省人事。即便能安全到达目的地，抠一抠鼻子也能轻松挖出两斤泥沙来。考虑到防毒面具过于沉重，而且昂贵，还是戴个口罩简单易行。正如非典发板蓝根财，核泄漏发食盐财一样，也有人要在雾霾天出街卖口罩，不过后来听说他看不清迷路了，很是可惜。

买不着口罩不碍事，有网友给出了更绝的妙招，将香烟过滤嘴撕去纸皮，将滤芯插入鼻孔，既能自由呼吸，又能过滤灰尘。丑是丑了点，但用周星驰的话来说，还当真是居家旅行之必备良品。

雾霾天也不全是坏处，有的小伙子便专门选择在这种极端天气里出门相亲，趁姑娘看不清自己长相时敲定“买卖”。虽然有商业欺诈的嫌疑，但好歹成就一桩姻缘。还有段子称有人上午领媳妇儿上街，一不留神没看清，回来时手里竟然牵了别人家的媳妇儿，消息传开，一阵哗然，下午那条大街上便全是大老爷们儿领着自家老婆在闲逛。

据说雾霾还有利于军事防卫，看新闻有专家指出，雾霾可以让敌人的导弹找不准目标。当然这在历史上是有先例的，当初黄帝和蚩尤涿鹿大战，黄帝军队长驱直入，惊得蚩尤只能作法，于是天降大雾，黄军遂迷失了方向。幸好黄帝还是发明创造的小能手，他研制出了指南车，才给手下指明了方向，夺取了最终胜利。不过这都好几千年过去了，战争也从冷兵器时代进入高科技时代，不知专家凭什么认为对手的导弹还需要靠肉眼瞄准，着实令人不解。

胖过

我常年在微博上更新一些无节操的段子，博人一笑，赚点儿人气，久而久之，倒也有了不少围观的粉丝。但讲笑话是把双刃剑，为了烘托气氛、增加笑果，时常要自损形象。于是在那些无良的粉丝眼里，总觉得我是一个四十多岁、满脸猥琐兼头顶英年早秃的胖大叔。

天可怜见，其实我才二十五岁左右，误差不到七八年。而且认识我的人都说我和《武林外传》中的吕秀才神似，却不像燕小六和邢捕头那般猥琐。另外毛发不算茂盛，倒也没有形成地中海的地貌。这两年我主动减肥，重新回到六十五公斤以下级别组。所以粉丝对于我的猜测，非要说准的话，只有一条：胖过。

醉过方知酒浓，胖过方知人重。之所以我舍得抛弃饕餮的快感，痛下决心节食减肥，正是因为我肥过，深知胖人的痛苦。

胖的痛苦之一是视觉效果不佳。人以五官区分长相，但你有没有发现，胖子的面相却总是出奇地相似，这是因为脸上的肥肉喧宾夺主，瘦小的五官被挤在一起反而吸引不了注意力。更有人称：别人是脸、腰、腿、胳膊，胖子则是月佥、月要、月退、月各月尃。形象得催人泪下。我怀疑手机屏幕越做越大，亦是为了方便胖子自拍。否则一个区区四英寸的屏幕，如何装得下你一平方的大脸。

胖的痛苦之二是无法选到合适的衣衫。毕竟厂商为胖子生产一件同样的衣服，要多用布料，却还不能卖得更贵，这种“加量不加价”的买卖，换了我也不乐意。在我看来，用“S”、“M”、“L”来标码虽然方便了挑选，但也无形间贴了歧视的标签。你看那些挑拣S码裤子的女子，多半脸上有愉悦自得之色，而悄声告诉售货员“帮我取一件XXXL”，则需要很大的勇气和很硬的头皮，而且多半是遮遮掩掩，面露羞涩，仿佛不是在shopping，而是在承认和隔壁老王有了私情。网上还有胖子咨询，问穿什么样子的衣服方显好看，我耐心劝慰他：“穿衣呢，最重要的是随性，不用多虑，因为胖子穿什么都不会好看。”

胖的痛苦之三是难以成为爱情的主角。君不见偶像剧的男女主人公，可以不帅不漂亮，可以不富有没工作，但绝对不可以是个胖子。即便刚开始是个胖子，如刘德华和郑秀文当年演的《瘦身男女》，但结局两人还是努力瘦成了偶像剧的标配，终究要回到有身材有样貌的主旋律上来。

胖子是违反自然规律的。其一，牛顿曾说质量越大的物体引力越大，但众所周知，胖子的质量和对人的吸引力就成反比。其二，理论上体积越大的物体越容易被看见，但胖子又恰恰相反，在人群中最容易被忽视。更过分的是，胖子就胖子吧，偏偏有人还要加个字，称呼为“死胖子”，可见论存在感，胖了和死了已然无异，呜呼哀哉！

如何成为一个科学家

如何成为一个科学家？

一、科学家小时候就会表现得极不平凡，至少要有某方面的特质，要么特别勤于思考，要么特别执着坚定。

爱因斯坦小的时候，有一次手工课结束时，学生们纷纷交上了自己满意的作品，爱因斯坦交给老师的是一个制作得非常粗糙的小板凳，有一只腿还钉弯了。老师非常生气，鄙夷地问他：“还有比这更烂的玩意儿吗？”没想到爱因斯坦掏出了另外一个更难看的小板凳，认真地说：“有，相对刚才那个，这个更烂。”据说这就是“相对论”思想的萌芽。

二、科学家并不像我们想的那样总是宅在家里，他们善于从生活的偶然中找到灵感。

牛顿平时喜欢在苹果树下读书思考。有一天，他正在冥思苦想的时候，从树上掉下一个又大又圆的苹果，正中他聪明的脑袋瓜。他拿起苹果，稍微擦了擦后边吃边想：咦，为什么苹果不往上掉，而要往下砸到我的脑袋呢？于是他发明了安全帽。

无独有偶，鲁班也经常从生活实践中找到灵感。有一次他外出在野外寻找材料，手忽然被一种植物划出了一道口子，鲜血直流。他不禁停下来，陷入了深思，于是他发明了创可贴。

三、科学家为了得到准确的科学结论，要学会设计精妙、缜密的实验，大胆假设，小心求证。

曾经有科学家做过这样一个经典的尝试：将一只青蛙放在温水中，刚开始青蛙还很惬意地在里面游泳。这时科学家用小火慢慢给水加热，水温逐渐升高，待到青蛙觉得危险时，却已跳不出来，终于死在了滚水中。科学家由此得出了一个著名的结论：就算是青蛙，也不能阻止人类把水烧开！后来科学家又将这个实验改进，在水中加入了香菜、花椒等辅助材料，一举发明了水煮牛蛙这道名菜。

意大利科学家伽利略也曾挑战旧思想，他站在比萨斜塔上，手持一个大铁球一个小铁球，底下围观的人纷纷起哄："你倒是丢啊，看了半天，你丢不丢啊。"于是他一闭眼，撒开双手，神奇的事情发生了，两个铁球竟然同时砸到了地上。伽利略从塔上下来进行了仔细的观察和思考，得出结论：大铁球砸出来的坑的确比小铁球大。

奥地利生物学家孟德尔更是通过不断进行的豌豆实验，揭示了遗传学上著名的"遗传、分离和自由组合"三大规律：一、遗传规律：双管豌豆可遗传进化为三管豌豆，一次能发三颗子弹；二、分离规律：豌豆必须分离地种植在所有五条道路上，才能有效防御僵尸进攻；三、自由组合规律：双管豌豆＋冰豌豆的组合，既有杀伤力，又能延缓僵尸脚步，更能发挥奇效。

买房

多年前女权主义者就高呼了男女平等。但实际上，男女怎能一样？首先形态上就已差之千里了。男人无法像女人那样前凸后翘，女人也很难像男人那么虎背熊腰。更重要的是世道艰辛，性别之分往往还体现在生存压力上。自从有女中豪杰总结出“有车有房”这样的择偶标准后，“房事”就越来越成为了多少男性青年心头抹不去的痛。

我经常在一些浮躁的夜里回忆过去的同学，扫听他们的近况。奇妙的是，性别成为了他们生活际遇的分水岭。几乎所有当年的女生，均已嫁作人妇，有一套甚至几套或大或小的住房，或做事谋生，或相夫教子，总算安稳。而当年鲜衣怒马、意气风发的男生，却有不少，至今仍未成家，流离在苍茫的尘世里。偶尔见到他们，眉宇间总是掩着不易察觉的悲凉。其实不用说我也知道，他们与许多人一样，被房事压迫得佝偻着直不起腰来。

把买房和婚姻画上等号，据说是不少丈母娘的主意，可见我国的 GDP 屡创新高，众丈母娘才是幕后一把好推手。

我在南京生活了十三年，亲眼目睹了房价的步步高升，且越是调控越是涨得厉害。给人的感觉这不是调控，而是“调戏”。仿佛楼市是个羞涩的大姑娘，就想看她在指下脸色红润、心跳加速。我 2005 年毕业参加工作时，龙江的房价还在六千左右徘徊，到我 2012 年离开南京时，几乎翻了两番。要一个当娶之年的男青年凭自己的收入买房，无异天方夜谭。不单是南京，各地房价都高得离谱。2012 年年底有位叫文嘉的女士表示，自己在香港生活了近二十年，至今仍买不起房，租住在五十平方米的蜗居里。

所以如今年轻人分手除了性格不合外，多了一条令人忧伤的原因。内事不决问百度，外事不决问谷歌，“房事”不决，却只能怨投胎技术不佳。我忽然想起我高中的同桌，他家贫又遭丧母，当时参加高考，住酒店的钱都是我代付的，最终也没能考取。几年不见，竟在同学会上听说他服药自尽了，据说是谈了女朋友，而对方家长嫌其寒酸死活不同意。现在想起来，不知“房事”是否也是其中一道催命符。

我们总是一厢情愿地希望有情人终成眷属，可惜成眷属的先决条件太多。更符合现世的状况是：得先有房产证，才能领结婚证；得先买婚房，才能洞房。或许先祝天下有情人终成业主来得更为实际一点儿，但无论什么艰难摆在眼前，还是希望有情人终成眷属。

小偷

临近年关，总能在各种渠道看到警方的告示，提醒居民防火防盗。防火或许是因为烟花爆竹燃放者众多，难免滋生险情。防盗则有可能是小偷团伙一到年底，也和我们普通上班族一般，需要冲击一下全年的业绩目标，来完成年度考核获得奖金的缘故。

据警方透露，小偷不是随随便便就登堂入室，他们会事先踩点，如同销售要提前熟悉客户的资料。他们会在你家门外做上各种或图形或数字的记号，一为提醒同行此处已是自己的势力范围，原理类似于小狗在电线杆上撒尿；二是留下信息以免将来忘记，可见小偷亦遵循“好记性不如烂笔头”的人生真理。这些记号外行是看不懂的，但是内行一眼便能获知你家有几口人、何时无人在家等基本资料和生活作息规律。好在警方已能解密，但我看了半天，有些失望，因为没有哪一个记号是代表家中有单身漂亮美眉的。

牛群、冯巩早年有相声代表作《小偷公司》，虽是调侃讽刺之作，亦可见小偷有团伙是众所皆知的事实。我颇好奇他们的企业如何招聘新人，是不是也需要在地铁、电视、报纸上张贴启事，欲入职者会不会也像应届生般投递简历。如果是，我猜测简历里“动手能力很强”这点特质是必须要吹嘘的。

我亦不知小偷公司的招聘门槛是高是低，入职有何条件。我倒是在网上看到一则新闻，说某窃贼常年不洗脚，深夜潜入人家，正欲下手时，两脚处一股毒气直扑熟睡的女主人面门，生生将其熏醒，行动遂告失败。由此可知，好的小偷不仅手艺要高，好的卫生习惯也是需要提倡的。考虑到屁的效果与香港脚相似，我若当了小偷团伙负责人，为下属安全计，一定要将“行动前不吃黄豆、地瓜”的规定写进公司章程。

有故事说曾国藩年轻时脑袋瓜不太灵光，深夜在书房苦读“四书五经”，却总是记不住某一句，在他如复读机般颠来倒去背诵却仍于此句前磕磕绊绊时，梁上潜伏已久的小偷终于忍不住替小曾接出下句，遂被发现。这个故事多半是杜撰，但亦提醒我们不管什么职业，都要老老实实做好本职工作，不要去炫其他工种的技巧。

我生平遇过两次窃贼。一次是上公交车时，后面一男子趁我刷卡掏我外衣口袋的手机。一次则是在南京珠江路上行走，一美女一路尾随我，我正暗自高兴，却发现她只是为了拉我背包的拉链，而不是要拉我裤子的拉链，想来真是唏嘘。我倒不在乎丢些许钱财，只是诸多证件若遗失了，补办很是麻烦。所以那些只偷钞票不碰余物的小偷，已算业界良心，而那些凿壁“偷光”一无所剩的窃贼，实是无良。

从广义看，小偷则遍地都有。有人偷税、有人偷情，还有人热衷于偷梁换柱。而我，若是非要选的话，则想当红尘里翩然于百花丛中，一个偷心的小贼。

图书在版编目（CIP）数据

我这一生都比别人跑得慢 / 东土大唐著 . —北京：中国华侨出版社，2014.8

ISBN 978-7-5113-4840-1

Ⅰ . ①我… Ⅱ . ①东… Ⅲ . ①随笔－作品集－中国－当代 Ⅳ . ① I267.1

中国版本图书馆 CIP 数据核字（2014）第 187867 号

我这一生都比别人跑得慢

作　　者：东土大唐
出 版 人：方　　鸣
责任编辑：深　　蓝
封面设计：吕 宜 浓
经　　销：新华书店
开　　本：880mm×1230mm　1/32　　印张：6.75　　字数：180 千字
印　　刷：廊坊市兰新雅彩印有限公司
版　　次：2014 年 10 月第 1 版　2014 年 10 月第 1 次印刷
书　　号：ISBN 978-7-5113-4840-1
定　　价：35.00 元

中国华侨出版社　北京市朝阳区静安里 26 号通成达大厦 3 层　邮编：100028
法律顾问：陈鹰律师事务所
发行部：（010）82068999　传真：（010）82069000
网　址：www.oveaschin.com
E-mail：oveaschin@sina.com

如发现图书质量问题，可联系调换。质量投诉电话：010-82069336